Gemma le fusilla du regard. "Vous voilà satisfait?"

"Pleinement. Dites-moi, pourquoi étiez-vous si troublée tout à l'heure?"

"C'est…cela ne vous regarde pas," rétorqua Gemma en mentant effrontément.

"Quand une jolie fille perd la tête, c'est généralement à cause d'un homme," suggéra Paul Vérignac.

"Vous vous trompez," fit-elle en baissant le nez.

"Je ne crois pas." Une main ferme l'obligea à relever le menton.

"Vous ne m'avez pas dit votre nom."

"Et votre carte, pour que je règle la note?"

"Laissons cela…J'aimerais…"

"La question est donc résolue!" fit-elle.

UNE BIEN DANGEREUSE SUPERCHERIE

Sally Wentworth

Collection ◆ *Harlequin*

PARIS • MONTREAL • NEW YORK • TORONTO

Publié en décembre 1983

ISBN 0-373-49372-X

Dépôt légal 4e trimestre 1983
Bibliothèque nationale du Québec et Bibliothèque nationale
du Canada.

Imprimé au Québec, Canada—Printed in Canada

1

— C'est stupide ! Dans dix ans, tous les aspects de notre vie ou presque seront touchés par l'informatique. Vous imaginez le gain de temps que cela représentera !

Gemma Kenyon ébaucha un sourire. La discussion était animée entre les quatre étudiantes dans le petit appartement qu'elles partageaient. Pelotonnées dans leurs fauteuils, une tasse de cacao fumant à la main, elles se livraient avec passion aux joies de la polémique. Les conversations, parfois très vives, ne dégénéraient cependant jamais en pugilats verbaux. Les jeunes filles se connaissaient trop bien. Depuis leur arrivée à Oxford, des centres d'intérêt communs les avaient rapprochées. Aussi, dès que l'occasion s'était présentée, elles avaient décidé d'habiter ensemble en ville, ce qui leur laissait évidemment plus de liberté que de loger au collège.

Cette fois encore, c'était Angie Mead qui avait lancé le débat. Intellectuellement, c'était elle la plus brillante des quatre. Grande, les cheveux blonds coupés très court et le nez chaussé de grosses lunettes, Angie évoquait avec chaleur l'avènement proche du règne des ordinateurs.

— Je ne suis pas d'accord, coupa Gemma. Ces machines ne peuvent pas résoudre tous les problèmes. Tu as pensé à notre vie affective ? Comment veux-tu programmer des sentiments ? C'est impossible.

— Impossible, souligna Angie avec un petit reniflement agacé. Ne me dis pas que tu n'as jamais entendu parler des rencontres programmées ?

— Ce n'est pas une technique très fiable, lança la petite Joy en tortillant autour d'un index menu une mèche d'un roux flamboyant. Comment savoir si deux êtres que tout rapproche en théorie vont, une fois en présence l'un de l'autre, réellement sympathiser ?

— Si l'expérience échoue, c'est parce que les candidats au mariage mentent lorsqu'ils remplissent leurs questionnaires. Il faut les comprendre. Franchement, vous auriez envie, vous, de rencontrer un quadragénaire chauve et adipeux, doté de surcroît d'un tempérament fougueux de mangeur de loukoums !

Cette plaisanterie déclencha le fou rire dans la pièce douillette où ronflait un feu de saison.

Lisa Burnett, avec son solide sens de l'humour, redressait toujours les conversations quand elles menaçaient de tourner à l'aigre.

— Je suis convaincue que si nous nous penchions sérieusement sur le problème, poursuivit Angie avec le plus grand calme, nous obtiendrions un résultat. La conclusion d'un mariage, par exemple.

— Tu plaisantes, s'écria Gemma, la bouche arrondie en une moue incrédule.

Angie les foudroya toutes les trois du regard. Leur scepticisme semblait exacerber son désir de convaincre ses compagnes.

— Pas du tout ! s'entêta-t-elle. Imaginons que l'une d'entre nous veuille épouser une célébrité, que nous appellerons Monsieur X. Je suis prête à parier que, si elle suit, point par point, les instructions fournies par l'ordinateur, l'opération se solde par un mariage dans les trois mois.

— Même s'il s'agit de quelqu'un que l'on ne connaît absolument pas ?

— Parfaitement, confirma Angie.

Trois paires d'yeux étaient maintenant braquées sur elle.

— C'est enfantin. On collecte le maximum de renseignements et on les transmet à l'ordinateur qui les digère et nous restitue un portrait-robot de la femme que notre inconnu considère comme idéale.

— Qui te dit que notre bel inconnu n'est sensible qu'à un seul et unique type de femme ? ne put s'empêcher de demander Gemma intriguée.

— Dans ce cas, cela nous donnerait une chance supplémentaire. Mais, en général, les hommes manquent tellement d'imagination...

Gemma eut un large sourire. Cette remarque inachevée était digne d'Angie.

— Tu as l'air bien sûre de toi, intervint Joy. Tu as testé la méthode ?

— Non, mais les statistiques...

— Oh! s'exclama Joy d'un air désabusé. Les statistiques, on leur fait dire ce que l'on veut, non ?

— Très bien, rétorqua Angie, piquée. Je vous parie n'importe quoi que ça marche. Laissez-moi seulement une chance de le prouver.

— Tu paries quoi ? jeta Lisa, ironique.

Angie se concentra un instant.

— Un dîner au champagne dans le meilleur restaurant de la ville.

Un silence respectueux suivit cette déclaration.

— Angie! s'écria Gemma saisie. Tu parles sérieusement ? Comment vas-tu t'y prendre ?

— Simple comme bonjour. Nous allons choisir un candidat, fournir à la machine toutes les données nécessaires et nous verrons ensuite laquelle d'entre nous se rapproche le plus du portrait-robot ainsi obtenu.

— Tu as bien dit « d'entre nous » ? lancèrent trois voix à l'unisson.

— Evidemment, repartit Angie avec condescendance. Nous sommes assez jolies pour nous porter candidates, non ? De plus, il vaut mieux que cette expérience ne s'ébruite pas. Et puis, qui sait, je pourrais l'utiliser dans mon doctorat de troisième cycle, ajouta-t-elle d'un air rêveur.

— Mais, objecta Joy, aucune d'entre nous ne souhaite se marier, et encore moins avec une quelconque vedette de la télévision ou de la musique pop.

— Rassure-toi, nous n'aurons pas à aller jusquelà. Une demande en mariage suffira. Nous ne sommes pas tenues d'accepter.

Voyant qu'Angie s'enflammait, Gemma jugea qu'il était temps d'intervenir.

— C'est une idée intéressante, déclara-t-elle prudemment. Mais totalement irréalisable.

Un bâillement lui échappa et elle s'extirpa des coussins moelleux.

— Je vais me coucher. J'ai cours très tôt demain.

Lisa la força à se rasseoir.

— Attends, cela devient passionnant. Voyons, Angie, quel homme choisirais-tu ?

— N'importe quel célibataire en vogue.

— Mais les gens célèbres gravitent dans des cercles difficilement accessibles. Comment pourronsnous les approcher ?

— Grâce à leur célébrité, précisément, rétorqua aussitôt Angie. En se documentant, il y a toujours moyen de savoir où ils passent leurs vacances, quels sont les restaurants ou les boîtes de nuit qu'ils fréquentent. Il suffit de s'arranger pour se trouver sur leur chemin.

— C'est de la folie, coupa Gemma. Tu nous vois faisant les cent pas devant un club en attendant que notre « cible » se manifeste ? Et puis, nous n'en avons ni les moyens ni le temps.

— Le temps ? Nous l'avons. Les vacances de Noël approchent.

— Quant à l'argent, je m'en charge, décréta Lisa dont le père, riche industriel du Nord, était particulièrement généreux.

— Je vous dis que c'est impossible, insista Gemma. De plus, je trouve cela complètement immoral.

— Balivernes ! s'écria Angie avec violence. Il s'agit d'une expérience scientifique. Si nous choisissions notre homme maintenant ?

— A défaut du prince Charles, que penseriez-vous de son frère, le prince Andrew ? proposa, mi-sérieuse, mi-amusée, la petite Joy.

— Un peu difficile à atteindre peut-être, objecta Angie.

Des magazines traînaient sur la table ; elle se mit à les feuilleter avec entrain.

— Il y a bien cette nouvelle idole du rock, remarqua-t-elle entre haut et bas en désignant un jeune homme fluet à la tignasse bicolore.

— Pouah ! Je ne vais pas me donner tout ce mal pour un chanteur aphone aux cheveux roses, s'écria Joy avec force.

— Et cet acteur ? interrogea Angie. Celui qui vient de remporter un Oscar à Hollywood ?

— Comment, tu n'es pas au courant ? Il est fiancé.

Au milieu des exclamations et des froissements de papier qui accompagnaient cette quête frénétique, un cri de triomphe s'éleva soudain.

— Ça y est ! J'ai trouvé !

Les trois jeunes filles se précipitèrent vers le journal que brandissait Angie.

Il y eut un grand moment de silence, et Joy déclara avec une voix pleine d'onction :

— Il est tout simplement merveilleux. Qui est-ce ?

— Montrez-le moi.

Gemma s'approcha. En gros plan, sur fond de ciel

azuré, se tenait un homme en bermuda, à la carrure athlétique, au teint hâlé par le soleil des Antilles. Son visage aux traits réguliers retenait particulièrement l'attention. Le menton vigoureusement dessiné dénotait une personnalité volontaire. Dans les yeux sombres pétillait une lueur malicieuse. Les coins de la grande bouche étaient relevés en une légère grimace ironique. Dans son genre, c'était un bel homme.

— Paul Vérignac, fit Angie qui lisait la légende d'accompagnement. Vous en avez sûrement entendu parler. C'est le playboy à la mode. Les échotiers du monde entier lui consacrent régulièrement leurs colonnes.

Un silence attentif s'établit dans la pièce.

— Il a trente-deux ans, poursuivit Angie. Il est français, célibataire et fabuleusement riche. Il possède des terres dans le Midi et en Normandie, un hôtel particulier à Paris et une villa à Monaco. Très sportif, il pratique surtout le ski et la voile. Il a eu une foule de liaisons avec une nuée de jolies femmes depuis qu'il a hérité de la fortune de son père. C'est exactement le Monsieur X qu'il nous faut.

— Un instant, intervint Gemma. Cette fois, tu vas trop loin. Je ne suis pas du tout d'accord pour mener ce genre d'expérience. On ne joue pas ainsi avec les sentiments des gens.

— Gemma ! Ne sois pas vieux jeu. Il ne s'agit pas de sentiments. Nous allons nous livrer à une expérience scientifique. D'ailleurs, avec un homme de la trempe de ce Paul Vérignac, pourquoi avoir des scrupules ? Une femme de plus ou de moins dans sa vie, est-ce que cela compte ? Je ne vois vraiment pas où est le mal.

Gemma allait répliquer, mais Angie ne lui en laissa pas le temps.

— Pour faire taire tes scrupules, je propose que nous votions. Que celles qui sont décidées à tenter l'expérience lèvent la main.

Trois mains se levèrent aussitôt.

— Maintenant, si vous êtes d'accord sur le choix du candidat, levez une nouvelle fois la main.

Trois mains se dressèrent de nouveau. Dans son coin, Gemma baissait la tête. Une ride de contrariété barrait son front.

— La question est réglée, lança Angie rayonnante. Je vais m'efforcer de rassembler le maximum de données sur le sujet retenu. Nous verrons ensuite laquelle d'entre nous jouera le rôle d'appât. Allons, Gemma. Ne fais pas cette tête. Nous avons voté, tu as perdu. C'est la démocratie !

— Bon, souffla Gemma d'un air abattu. Comme tu voudras.

Trois semaines furent nécessaires à Angie pour mener à bien la mission qu'elle s'était tracée. Elles étaient réunies dans la grande pièce devant un feu joyeux. Noël approchait.

Extrayant de son porte-document une épaisse liasse de papiers, Angie s'éclaircit la voix et commença son exposé.

— La personnalité de notre candidat a grandement facilité mes recherches. Les chroniqueurs spécialisés dans les potins mondains sont toujours à l'affût des moindres faits et gestes de Paul Vérignac. En outre, ce dernier a accordé des interviews à deux grands magazines internationaux ces derniers mois. Et puis, comme il me semblait que nous aurions besoin davantage de détails encore, je me suis fait passer pour une journaliste et je suis allée interroger deux de ses anciennes fiancées.

Un murmure de stupeur salua cette déclaration fracassante. Un sourire triomphant apparut sur le visage de l'audacieuse.

— Et qu'as-tu appris ? interrogea vivement Lisa.

— Une foule de choses, répliqua Angie avec des mines de conspirateur. Les avis sont unanimes. Notre

Monsieur X est un véritable don Juan, son charme est irrésistible. Il séduit comme on respire.

— Admirable, en effet, persifla Gemma.

Ayant rajusté ses lunettes, Angie poursuivit.

— D'après les renseignements que j'ai obtenus, la femme idéale, aux yeux de Monsieur X, n'a pas plus de vingt-huit ans. Elle est sportive. Assez pour pratiquer le ski et la voile avec lui, mais pas assez pour le battre sur ce terrain, si vous voyez ce que je veux dire. Par ailleurs, il semble qu'il ait un faible pour les femmes élégantes et sophistiquées. Les adeptes inconditionnelles du jean et des gros pulls confortables ne l'attirent absolument pas.

Un hurlement de rire secoua les quatre amies dont c'était la tenue préférée. Sans s'appesantir, Angie reprit le fil de son exposé.

— J'ajoute qu'il déteste les femmes dont le quotient intellectuel est supérieur à la moyenne. Et enfin, il semble très attiré par le mystère dont certaines de nos consœurs savent s'entourer.

Joy, Lisa et Gemma s'entre-regardèrent sans mot dire.

— La fortune et la position sociale lui sont indifférentes. Voilà, conclut Angie en remettant de l'ordre dans ses papiers.

— En somme, commenta acidement Gemma, toutes les représentantes du sexe féminin l'intéressent, ou presque.

— S'il s'agit du choix de son épouse, il se montrera peut-être plus circonspect, observa Lisa.

— Et physiquement, demanda vivement Joy, quel est le type de femme qui retient son attention ?

— Ah ! plaisanta Lisa. Tu veux te mettre sur les rangs ?

Angie suçotait son crayon pour prolonger le suspense. Elle se décida enfin à parler, estimant sans doute avoir suffisamment ménagé ses effets.

— Pour ce qui est de la taille, Monsieur X est

assez grand et n'aime que les grandes femmes. Au-dessous du mètre soixante-dix, il ne leur jette même pas un coup d'œil.

Joy et Lisa échangèrent un regard navré.

— Outre le fait qu'il n'a d'yeux que pour les grandes filles élancées, il a une préférence pour les blondes aux longs cheveux couleur de miel.

— Tout à fait toi, s'écria Gemma en piquant un fou rire.

— Tu oublies que mes cheveux sont très courts, rétorqua aussitôt Angie.

— Tu pourrais porter une perruque, suggéra Joy.

— Gemma aussi.

— Ne comptez pas sur moi...

— Un peu de calme, jeta Angie avec agacement. Je n'ai pas fini. Monsieur X aime les femmes hâlées, celles qui parlent Français, ne portent pas de lunettes et ont les yeux bleus.

— Dans ce cas, aucune d'entre nous ne pourra faire l'affaire. Il n'y en a pas une ici qui ait des yeux de cette couleur, observa vivement Gemma.

— Hélas ! soupira Angie en froissant machinale-ment un feuillet. Cet obstacle me paraît insurmon-table.

— Pas du tout, lança Lisa. J'ai fait partie d'une troupe théâtrale pendant les vacances dernières. C'est fou ce que le maquillage peut changer les gens. Certains comédiens utilisaient même des verres de contact pour modifier la couleur de leurs yeux. Pourquoi ne pas les imiter ?

— Formidable ! renchérit Joy. De plus, si Angie portait des lentilles elle pourrait se passer de ses lunettes et nous ferions ainsi d'une pierre deux coups.

— Parfait, dans ce cas le problème est résolu, trancha Angie qui marqua un temps d'arrêt.

— Il ne nous reste plus qu'à choisir, lança Lisa. Gemma ou Angie ?

— Je serais ravie de participer d'aussi près à l'expérience, mais j'ai peur de ne pas être le sujet idéal, balbutia Angie. Je ne peux pas tout faire : servir d'appât et tenir le journal de bord.

— Pourquoi pas ? objecta Gemma avec fougue. Au contraire. Tu aurais des renseignements de première main pour rédiger ta thèse.

— Comment veux-tu que je reste objective dans ces conditions ? gémit Angie. On ne peut pas être à la fois juge et partie. Et puis, je te signale que ton français est nettement meilleur que le mien.

Une violente discussion s'engagea immédiatement entre les deux protagonistes, sous l'œil amusé de Lisa et de Joy.

— C'est bon, intervint Lisa. Nous allons tirer à pile ou face. Celle qui perdra servira d'appât.

— Pile pour moi, s'écria Angie.

Lancée par Lisa, la pièce retomba et un cri de désolation jaillit.

— Face ! J'ai perdu, se lamenta Gemma dont le visage se vida de toute expression.

— Je me demande s'il est aussi beau au naturel qu'en photo, murmura la petite Joy rêveusement.

— Et s'il est aussi séduisant qu'on le dit, renchérit Lisa. Ce sera à Gemma de nous l'apprendre.

— Une minute, coupa l'intéressée.

— Du calme, Gemma. Commençons par le commencement, nous verrons les détails plus tard.

— Où allons-nous organiser la rencontre ? s'enquit Joy très animée.

— Rien de plus simple, assura Angie en consultant ses papiers. Paul Vérignac passe deux mois en Suisse à Zermatt tous les hivers. Il y loue un chalet indépendant dont l'entretien est assuré par le personnel d'un palace voisin. C'est là que nous le rencontrerons. Toi qui connais les lieux, Lisa, où penses-tu que nous devrions descendre ?

— Pour permettre à Gemma de conserver son

mystère, il vaudrait mieux louer un petit chalet à l'écart de la station.

— Mais, objecta aussitôt Gemma, ce n'est tout de même pas toi qui va financer toute cette opération…

— Tais-toi donc ! crièrent d'une même voix ses trois amies.

— Je propose de me charger de la location ainsi que des dépenses que nous engagerons pour le déroulement de l'entreprise. Pour le reste, chacune paiera sa quote-part.

Cette épineuse question étant réglée, elles s'attaquèrent au casse-tête que représentait le choix d'une date qui leur conviendrait à toutes les quatre. On décida de partir le lendemain de la Saint-Sylvestre.

— En attendant, il va falloir s'occuper de Gemma, déclara Joy avec détermination. Il faudra qu'elle reprenne des cours de ski.

— Je me charge des verres de contact et de la perruque, proposa Lisa.

— Vous ne trouvez pas qu'elle a deux ou trois kilos de trop ? dit soudain Angie en détaillant l'élue d'un œil critique.

— Vous avez fini de parler de moi comme si je n'étais qu'un pékinois qu'on prépare pour une exposition canine ! explosa Gemma.

— Ne te fâche pas, rétorqua placidement Lisa. Le sort t'a désignée, tu devrais être flattée. Bon, et maintenant au travail !

Lorsqu'elles descendirent sur le quai de la gare, l'air vivifiant de la montagne leur emplit les poumons d'un coup. C'était une sensation délicieuse après l'atmosphère confinée du train. Tout un peuple de vacanciers se bousculait pour décharger bagages et matériel. On se ruait vers les véhicules de bois tirés par des chevaux qui faisaient office de taxis, car tous les engins à moteur étaient interdits en ville jusqu'au printemps.

Avec ses chalets de bois et ses hôtels aux balcons ajourés recouverts d'une épaisse couche de neige, le village semblait tout droit sorti d'un conte de fées. Le Matterhorn dressait ses cimes impressionnantes à plus de quatre mille mètres d'altitude. Sa masse sombre se détachait avec netteté sur le ciel bleu.

Gemma frissonna à ce spectacle mais elle n'eut pas le temps de se perdre dans sa contemplation : Angie l'appelait à l'aide pour porter les valises. Le traîneau s'ébranla au petit trot rythmé de ses chevaux bais. On s'emmitoufla dans les couvertures de fourrure.

Lisa qui connaissait déjà Zermatt expliquait la topographie des lieux.

— Où se trouve l'hôtel de M. X. ? s'enquit Angie.

— Plus loin, dans le village.

— Pourquoi t'obstines-tu à l'appeler M. X. ? demanda Gemma intriguée.

— Pour pouvoir penser à lui objectivement. Tu devrais m'imiter. Pour nous, ce n'est ni plus ni moins qu'un animal de laboratoire.

— Tu exagères, souligna Joy choquée. Tu ne vas tout de même pas le comparer à un cochon d'Inde.

— Mais si, renchérit plaisamment Lisa. Pour nous, c'en est un ! Et c'est comme cela qu'il faut le voir.

— Dans ce cas, lança Gemma glaciale, nous sommes d'accord.

Le conducteur obliqua, s'engagea dans une artère plus étroite, bordée de magasins divers. On s'arrêta devant l'agence immobilière pour prendre les clés. A mesure que l'on montait, les bâtisses rapetissaient. On stoppa finalement devant un petit chalet. Le rez-de-chaussée était peint en blanc et le premier s'enorgueillissait d'un immense balcon de bois qui courait tout le long de la façade.

— Le chalet Domino ! annonça Lisa avec satisfaction.

Les bagages rapidement déchargés, les jeunes filles se précipitèrent à l'intérieur de la demeure.

— Oh! Cette cheminée! s'écria Angie tout excitée.

— Qui va coucher dans les chambres qui donnent sur le balcon? demanda Gemma. Il n'y en a que deux.

On tira à pile ou face l'attribution des chambres. Elles échurent à Lisa et à Gemma. Joy et Angie se partageraient la grande chambre du fond.

— D'abord, il faut aller acheter des provisions, décida Joy, pratique.

— Non, objecta Lisa. On devrait commencer par aller louer des skis et des chaussures. Je meurs d'envie de me lancer sur les pistes, pas toi, Gemma?

— Oh, oui!

— Je vous rappelle que nous ne sommes pas venues ici pour nous amuser, lança soudain Angie d'une voix acide. Chaque chose en son temps. Il faut que nous découvrions où se trouve M. X et que nous essayions de savoir quels sont ses projets pour les jours à venir afin de pouvoir dresser un plan de bataille. C'est pourquoi je suis d'avis que nous déballions nos affaires et que nous nous rendions à son hôtel. Là-bas, nous n'aurons pas de mal à trouver quelqu'un, femme de chambre ou garçon d'étage, qui pourra nous renseigner.

— Formons deux groupes, suggéra Gemma. Lisa et toi vous allez fouiner à l'hôtel et pendant ce temps, Joy et moi nous nous occuperons des courses.

Angie ne trouvant rien à redire à ce programme, les jeunes filles s'empressèrent de revêtir une tenue appropriée. Quelques instants plus tard, le quatuor quittait l'atmosphère douillette de sa nouvelle résidence pour affronter le froid comme il convenait. Sanglées dans de chaudes combinaisons aux couleurs vives, elles piétinaient allègrement dans la neige en direction du centre.

Lorsqu'elles débouchèrent dans les rues animées, Angie obligea Gemma à mettre des lunettes de soleil pour le cas où elles rencontreraient M. X. Elles se séparèrent devant l'hôtel et convinrent de se retrouver dans un café, une fois les courses terminées. Joy et Gemma arrivèrent les premières au rendez-vous et commandèrent un chocolat bien chaud en attendant les autres. Vingt minutes après, Lisa se ruait comme une furie dans l'établissement, au grand dam des consommateurs.

— Vite ! Suivez-moi ! Il n'y a pas une seconde à perdre !

— Pour l'amour du ciel, protesta Gemma, que se passe-t-il ?

Les yeux arrondis, elle dévisageait son amie qui semblait hors d'haleine.

— Vite ! Mais vite ! Angie nous attend. Je n'ai pas le temps de vous expliquer.

Interloquées, Joy et Gemma ramassèrent leurs emplettes et emboîtèrent fébrilement le pas à Lisa.

— Que signifient ces mystères...

Joy, mystifiée, arborait un air grognon.

Lisa ne répondit pas. Accélérant l'allure, elle entraîna ses amies vers une petite place. Plantée sur une estrade, Angie leur adressait des signes énergiques. Gemma s'aperçut alors qu'elle avait l'œil vissé à un télescope placé là pour permettre aux touristes d'admirer les sommets. Comme les parcmètres, cet appareil était payant.

— Vite ! hurla Angie d'une voix suraiguë. Je n'ai presque plus de monnaie !

— Mais..., bégaya Joy, qu'y a-t-il de si intéressant à regarder ?

— M. X, bien sûr, rétorqua Angie du ton excédé qu'affectent volontiers les instituteurs lorsqu'ils s'adressent à un enfant particulièrement obtus. Il se dirige vers le village avec ses skis sur l'épaule.

— Oooh…, lança Joy avec concupiscence. Pousse-toi. Je veux voir.

Bousculant ses compagnes, elle colla son œil à la lunette.

— Lequel est-ce ?

— Celui qui porte une combinaison noire et rouge. Il est nu-tête et il est accompagné d'une jeune femme en jaune.

— Attends, souffla Joy surexcitée. Ça y est ! s'écria-t-elle triomphalement. Je le reconnais. C'est bien lui. Eh bien, je donnerais cher pour être une grande blonde élancée !

— A toi, Gemma ! ordonna Angie.

Gemma résistait à la poussée d'Angie mais celle-ci réussit à la traîner devant l'appareil et elle ôta ses lunettes de soleil pour mieux contempler sa future victime. Elle ne vit tout d'abord qu'une foule bigarrée qui s'avançait lentement vers la petite station. Une silhouette se détacha soudain qui parut remplir son champ de vision. Gemma la reconnut immédiatement. La photographie n'avait pas menti. C'étaient les mêmes traits virils, le même menton ferme. Les cheveux semblaient plus foncés toutefois. Le visage n'arborait plus l'expression cynique qu'elle lui avait vu dans le magazine. Le regard qu'il portait sur sa compagne trahissait un mépris amusé et distant. Ils firent halte à un carrefour. La jeune fille eut une moue adorable. Il la prit par les épaules et, l'attirant contre lui, l'embrassa. Ce baiser presque de commande ne fut pas renouvelé. D'une main ferme, il repoussait déjà celle à qui il venait de l'offrir et éclatait d'un rire insouciant. Sans plus de cérémonie, il planta là sa victime navrée et poursuivit sa route d'un pas alerte.

L'ignoble individu ! songea Gemma indignée. Comme mû par une intuition fulgurante, l'inconnu eut un haussement d'épaules impatient et tourna la tête dans sa direction. L'espace d'un instant, Gemma eut l'impression d'être un chasseur qui tient sa proie au bout de son fusil et savoure le moment où il va enfin pouvoir appuyer sur la gâchette. L'image était appropriée. N'étaient-elles pas venues jusqu'ici toutes les quatre pour se livrer à un safari d'un genre un peu particulier ? Elle perdit bientôt de vue la haute silhouette.

Gemma se redressa et lâcha le télescope. Ses amies la bombardaient de questions mais elle les entendait à peine. Elle repassait dans son esprit la scène dont elle venait d'être témoin. Avec quelle arrogance, quel manque de tact cet homme s'était débarrassé de la ravissante jeune femme en jaune ! La goujaterie du personnage soulagea Gemma qui sentit ses scrupules s'évanouir. Elle jouerait son rôle avec conviction. La morgue de M. X, ou plutôt de Paul Vérignac, méritait une leçon.

2

Les regards inquiets que portaient sur elle ses amies ramenèrent Gemma à la réalité.

— Tu n'as pas changé d'avis au moins? questionna anxieusement Angie. Maintenant que tu as vu Monsieur X tu ne vas pas te lancer dans un de tes sermons favoris et te mettre à dénoncer la malhonnêteté de notre entreprise?

— Elle en serait bien capable, bougonna Joy.

— Oui, murmura rêveusement Lisa. Elle a la fibre moralisatrice tellement développée! Je me demande si cela ne vient pas de la lecture assidue de ces romans de chevalerie où les bons sentiments sont toujours exaltés.

— Vous avez fini? Je peux parler? coupa Gemma, acide. Au risque de vous surprendre, sachez que je n'ai pas renoncé à poursuivre notre expérience. Au contraire, je crois que je serai ravie de donner une bonne leçon à cet individu.

— Oh... balbutia Lisa stupéfaite. Quelle humeur belliqueuse! Pourquoi cette rage soudaine?

Gemma dévida d'un trait un compte-rendu succinct de la scène dont elle venait d'être témoin en insistant bien sur la goujaterie de Paul Vérignac.

— Eh bien! s'exclama Joy. Il semble difficile de faire mieux dans la muflerie. Tu es sûre d'avoir bien choisi notre cobaye, Angie ? Il ne faudrait pas que Gemma sorte meurtrie de cette aventure.

— Tant qu'elle saura garder le contrôle de ses émotions elle ne courra aucun danger. Et puis cette anecdote me renforce dans mon idée que ce monsieur est exactement le sujet qu'il nous faut. Rendez-vous compte ! Quel triomphe pour nous si un homme aussi profondément mysogine en arrive à demander Gemma en mariage ! Qu'en dis-tu Gemma ?

— Je relève le défi, déclara la principale intéressée d'une voix ferme. J'espère seulement que je parviendrai à dissimuler le mépris qu'il m'inspire.

— Bravo ! lança Angie en rajustant ses lunettes d'un air décidé. Finissons les courses et remontons au chalet préparer notre plan de bataille.

Les magasins étant bondés, elles ne regagnèrent leur port d'attache que quelques heures plus tard, et elles étaient si affamées qu'elles décidèrent, toutes affaires cessantes, de commencer par se concocter une délicieuse fondue. Armées de fourchettes à longs manches, elles s'amusèrent comme des gamines à déguster le savoureux plat national arrosé d'un petit vin blanc au bouquet fort honnête.

Il était relativement tard lorsqu'Angie aborda le sujet de leurs communes préoccupations.

— Les festivités sont terminées, annonça-t-elle avec son sérieux coutumier. Au travail !

La table fut débarrassée en un clin d'œil, et les quatre stratèges s'assirent, crayon en main, pour étudier la situation.

— D'après les renseignements que j'ai pu glaner, Monsieur X a un faible pour les femmes qui savent laisser flotter autour d'elles un parfum de mystère. La scène que nous a rapportée Gemma le confirme. Voyez avec quelle cruauté il traite les malheureuses qui lui dévoilent tout grand les sentiments qu'il leur inspire.

Tout le monde opina.

— C'est pourquoi, à mon avis, il faudrait que Monsieur X aperçoive Gemma, à trois reprises au moins, dans des circonstances qui éveilleront sa curiosité. Avant qu'ils ne fassent véritablement connaissance. Et ce sont ces apparitions qu'il va falloir organiser dans un premier temps. A toi, Lisa. Tu as du nouveau ?

— Oui. J'ai mené une enquête discrète à l'hôtel. Je me suis fait passer pour une admiratrice inconditionnelle de Paul Vérignac auprès du conducteur de traîneau qui vient chaque matin prendre ses ordres pour la journée. C'est fou ce qu'un billet de banque glissé dans la bonne main peut rendre les gens loquaces ! Paul Vérignac possède une Lamborghini rouge qu'il gare dans le grand parking situé à l'entrée du village. Mon informateur l'y conduit quand il désire quitter la station. Il m'a promis de me prévenir la prochaine fois qu'il l'y emmènerait. Je crois que nous allons avoir en lui un auxiliaire précieux.

— Certainement, renchérit Angie. C'est grâce aux renseignements qu'il nous a déjà fournis que nous avons pu apercevoir Monsieur X au télescope. Voilà ce que je vous propose, ajouta-t-elle après s'être éclairci la gorge. Nous passerons à l'action à la prochaine sortie de la Lamborghini. Nous nous arrangerons pour que Gemma skie en bordure de la route que Paul Vérignac empruntera pour regagner Zermatt. Il conduit vite. Il aura juste le temps de l'apercevoir au passage. Cette skieuse isolée ne pourra que l'intriguer.

— Il faudra que Gemma porte sa perruque, intervint Joy. Mais il ne sera peut-être pas nécessaire qu'elle mette ses verres de contact. De loin, il ne pourra pas distinguer ses yeux. Qu'en penses-tu ?

Angie se mordillait la lèvre tout en pesant le pour et le contre de cette suggestion.

— Il vaudrait mieux qu'elle les porte. Il est temps qu'elle s'y habitue.

— Oh ! s'écria Joy avec ravissement. Il me semble que je la vois, glissant sur la neige immaculée, sa longue chevelure flottant au vent. Une vraie vision de rêve. Paul Vérignac ne pourra pas ne pas la remarquer.

— Voilà donc la première partie de notre plan réglée. Demain, tout le monde sur les pistes. Il faut remettre Gemma en condition physique. Ensuite, nous nous occuperons de trouver un point stratégique où nous nous posterons pour avertir Gemma de l'arrivée de la voiture.

— C'est charmant ! maugréa Gemma. On va se geler s'il faut attendre dehors toute la journée.

— Pas de défaitisme ! Nous n'aurons pas à guetter des heures. Le conducteur du traîneau a promis de nous donner le feu vert.

Très affairée, Angie notait fébrilement sur son carnet les détails de l'opération.

— Je bois au succès de notre entreprise ! s'écria-t-elle avec fougue en levant haut son verre.

Et les quatre conspiratrices trinquèrent dans la plus franche gaieté.

Pour la troisième fois en moins de dix minutes, Gemma consulta sa montre. Une heure s'était déjà écoulée. Pourquoi ne venait-il pas ? Elle commençait à avoir sérieusement froid aux pieds. Leur informateur leur avait pourtant bien dit qu'il avait reçu l'ordre de venir reprendre son client au parking à quatre heures. L'équipe avait aussitôt déclenché les opérations. Gemma avait enfilé une combinaison bleu ciel qui la moulait étroitement. Lisa avait tassé, bouchonné ses somptueux cheveux châtains sous la perruque blonde. Son teint, jugé trop pâlot, avait été enduit d'une crème miraculeuse qui lui donnait un hâle superbe. Avant de la maquiller, on lui avait fait mettre les verres de contact. Ces préparatifs terminés, on avait conduit Gemma devant une glace.

Devant l'image que lui avait renvoyé le miroir, l'œil de l'héroïne s'était ébahi, figé de stupeur. Elle ne s'était pas reconnue. Avec ses joues couleur de brugnon et ses lèvres discrètement peintes en rose, elle s'était trouvé l'air juvénile et étrangement vulnérable d'une adolescente se rendant à son premier bal. L'étonnante frange blonde faisait ressortir les cils sombres qui ombraient joliment le bleu factice des prunelles.

Skis aux pieds, le quatuor avait gagné à vive allure le petit bois repéré à l'entrée d'un virage propice, cinq kilomètres avant Zermatt. Selon le scénario établi, Gemma devait déboucher d'un bouquet d'arbres au moment où la voiture s'apprêtait à négocier le virage en question. Glissant sur le terrain vierge, elle devait traverser le champ de vision du conducteur avant de disparaître, aussi mystérieusement qu'elle était apparue, derrière les sapins qui bordaient l'autre extrémité de la courbe quelques mètres plus loin.

Ses bâtons sous le bras, Gemma s'administrait de petites claques sèches sur les épaules tout en soulevant rythmiquement ses pieds alourdis par les planches pour se réchauffer un peu. Heureusement, la perruque protégeait ses oreilles du froid. De son poste sous les branches, elle distinguait Joy qui, là-bas sous le couvert des arbres, devait lui lancer le signal convenu dès que le véhicule apparaîtrait. Munies de jumelles, Angie et Lisa s'étaient embusquées un peu plus loin. C'étaient elles qui devaient prévenir Joy qui elle-même alerterait Gemma en agitant un châle rouge.

Un mouvement attira soudain l'attention de Gemma qui, gênée par ses lentilles, cligna désespérément des paupières. Ces maudits verres la faisaient larmoyer. Lorsqu'elle eut enfin réussi à s'y accommoder, elle aperçut l'écharpe que Joy brandissait frénétiquement. Gemma se mit aussitôt en position, ses bâtons à la main, prête à s'élancer dès que le second signal lui parviendrait. Enfin elle le vit. Prenant une profonde inspiration, elle jaillit du bouquet d'arbres. Elle pensa avoir mal synchronisé ses mouvements car elle ne distingua tout d'abord aucune trace de la voiture annoncée. Un ronronnement régulier et discret la rassura bien vite. Elle enfonça ses bâtons dans la neige épaisse pour prendre de l'élan. Ses skis crissèrent ensuite sur la neige damée. Les longs cheveux blonds flottaient fièrement au vent comme elle forçait l'allure pour ne pas se laisser distancer par le bolide qui négociait le virage à une vitesse étonnante. Le conducteur lui jeta un coup d'œil très bref. Gemma se raidit, redoubla d'efforts. Il fallait qu'elle atteigne les arbres en même temps que lui. Un dernier sursaut et elle disparaîtrait au creux du petit bois. La Lamborghini ne devait pas être loin. Machinalement, elle tourna la tête vers la route. Le vent rabattit alors sa frange postiche sur ses yeux. Aveuglée, elle leva une main impatiente pour chasser les mèches importunes. Son geste fut si violent qu'elle heurta de son index ganté une de ses lentilles de contact. Sous l'effet de la douleur, elle se mit à cligner violemment des paupières. Elle tenta de s'arrêter mais ses jambes engourdies par le froid ne lui obéissaient plus et un bâton s'échappa de ses doigts gourds. Ayant péniblement réussi à entrouvrir un œil, Gemma s'aperçut avec épouvante qu'elle dévalait la pente et fonçait droit sur la route.

Battant des bras dans un ultime effort pour stopper sa course folle, elle heurta un léger obstacle avec son ski gauche, tomba et s'affala avec un bruit sourd sur le revêtement verglacé de la chaussée. Des freins grincèrent atrocement. Terrorisée, Gemma s'était roulée en boule. Quelque chose de métallique frôla sa manche. On coupa le contact et un silence assourdissant prit possession des lieux.

Les yeux révulsés, Gemma restait prostrée,

comme en proie à une crise de tétanie. Elle se sentait fondre de peur. Etait-il possible qu'elle fût saine et sauve ? Une portière fut claquée à la volée. On accourait vers elle.

— Vous n'êtes pas blessée ? s'enquit une voix nette malgré l'inquiétude.

Paul Vérignac s'agenouilla près d'elle.

Encore en état de choc, Gemma se dressa sur son séant et contempla sans le voir le visage penché vers elle.

— N... non, balbutia-t-elle machinalement.

— Je ne vous ai pas heurtée ?

— Non.

Il l'aida à se remettre debout. D'une main incertaine, elle se débarrassait de la neige qui recouvrait sa combinaison.

— Vraiment ? Tout va bien ?

— Oui. Merci.

Le soulagement rendit au visage énergique toutes ses couleurs. La colère succéda à l'angoisse.

— Vous croyez que c'est prudent de skier si près de la route quand on est un amateur ? Vous ne savez pas qu'il y a des pistes pour les débutants ? C'est de l'inconscience. Vous avez bien failli vous faire tuer.

La violence de cette tirade rendit à Gemma tous ses esprits. Elle le toisa de bas en haut, furieuse elle aussi.

— Je ne vous permets pas de me parler sur ce ton ! glapit-elle d'une voix suraiguë. D'abord, je ne suis pas une débutante. J'ai perdu l'équilibre parce que j'essayais d'enlever quelque chose qui m'était entré dans l'œil. Quant à vous, je suppose que vous ignorez que la vitesse est réglementée en montagne.

Un instant décontenancé par la soudaineté de la contre-attaque, il reprit :

— Je vous signale que j'ai des pneus à clous et que mes freins sont en excellent état. Comme vous avez d'ailleurs pu le constater.

Le sarcasme de la remarque exaspéra Gemma.

— Pneus à clous ou pas, vous rouliez beaucoup trop vite. Je parie que vous faisiez au moins du soixante à l'heure !

— C'est bien possible, avoua son interlocuteur sans s'émouvoir.

— Quoi ?

— Soixante kilomètres, pas soixante miles, précisa le conducteur. Mais je ne vois pas en quoi cela vous regarde. Je n'ai pas à me justifier devant une petite idiote de votre espèce ! Voyons plutôt dans quel état se trouve ma voiture grâce à vous.

L'air soudain penaud, Gemma se retourna. La superbe machine gisait en travers de la route, une roue avant enfoncée dans la banquette neigeuse qui recouvrait le bas-côté.

— C'est grave ?

— Je vais voir.

Ayant examiné la situation, le propriétaire grommela que cela ne l'était pas, au grand soulagement de Gemma qui se demandait déjà comment elle parviendrait, le cas échéant, à régler la facture du garagiste. A pas lents, elle s'en fut en clopinant ramasser skis et bâtons. En se baissant, elle constata que la manche de sa combinaison était déchirée. De saisissement, elle se laissa tomber par terre. Elle l'avait échappé belle !

Le moteur ronfla. Manœuvrant avec maestria, Paul Vérignac dégageait la Lamborghini. Cela fait, il coupa le contact et se dirigea vers la jeune fille. Ce fut alors qu'elle osa le regarder vraiment. La carrure imposante, l'air viril, il la dominait de sa haute taille. Gemma revit en un éclair l'expression de mépris amusé qu'elle avait surprise la veille sur ce visage et qui l'avait exaspérée. L'antipathie qu'elle éprouvait pour lui s'accentua.

— Vous êtes si pâle, fit-il avec une sollicitude polie. Vous n'êtes pas blessée ? Vous en êtes sûre ?

— J'ai les jambes molles. Ce doit être le contre-coup. Ça va passer.

— Donnez-moi votre matériel, je vais le mettre sur la galerie. Je vous raccompagne à Zermatt.

— Non !

Les sourcils noirs se froncèrent.

— Comment, non ? Vous n'habitez pas à Zermatt ?

— Non... enfin si. Mais je ne veux pas que vous me raccompagniez.

— Ne dites pas de bêtises. Vous n'êtes pas en état de rentrer seule.

La main tendue, il amorça un pas en avant. Gemma se cramponnait à ses skis.

— Je vous remercie. Je me sens tout à fait bien maintenant. Je préfère rentrer par mes propres moyens.

— Vous tenez vraiment à vous faire écraser pour de bon ou à vous précipiter, tête baissée, dans la première crevasse venue ? Allons, cessez de faire l'enfant, je vais vous ramener.

Piquée au vif, Gemma contre-attaqua aussitôt :

— Pour rien au monde je ne monterai dans une voiture conduite par un chauffard de votre espèce !

— C'est insensé ! siffla son antagoniste. Vous ne comprenez donc pas que je ne peux pas vous laisser seule dans l'état où vous êtes. Allez-vous grimper dans la voiture, ou faut-il que je vous y fasse monter de force ?

Brandissant un de ses bâtons, Gemma se mit à vociférer.

— Monter dans la voiture d'un inconnu, moi ? Jamais ! Partez et laissez-moi tranquille !

— Très bien, mademoiselle. Puisque vous insistez...

Tournant les talons, il se dirigea rapidement vers le véhicule, mit le contact et démarra bruyamment.

Gemma regarda disparaître la carrosserie d'un œil

morne. Elle dut s'avouer que si Paul Vérignac n'avait pas piloté son bolide avec une telle sûreté, elle ne serait peut-être plus de ce monde. Une migraine atroce lui enserrait les tempes. Elle porta une main tremblante à son front. Sa perruque tenait toujours. Un petit gloussement hystérique lui échappa. Et de grosses larmes roulèrent le long de ses joues satinées. Ce chagrin était ridicule. N'était-elle pas saine et sauve ? Elle se moucha puis elle essuya ses larmes. Maintenant il allait lui falloir tout raconter aux autres. Son altercation avec Paul Vérignac avait définitivement compromis leur expérience. Il ne leur restait plus qu'à plier bagages. D'ailleurs c'était peut-être mieux ainsi. Il semblait peu probable en effet qu'un célibataire aussi endurci se laissât jamais passer la corde au cou.

Gemma s'entendit appeler. Ses amis arrivaient. Elle leur adressa de grands signes. Grâce à la distance qui les séparait, elles n'avaient heureusement pas pu assister à l'incident.

— Alors ? questionna vivement Angie. Ça a marché ? Tu crois qu'il t'a aperçue ?

— Oh oui, répondit faiblement Gemma.

— Formidable ! jeta Lisa. Tu l'as vraiment vu tourner la tête de ton côté ?

— Je...

— Parfait, coupa Lisa surexcitée. Nous allons pouvoir passer à la deuxième étape.

Morte de honte, Gemma gardait le silence. Comment trouver les mots pour décrire le fiasco qu'avait été la première étape ? Elles avaient l'air si enthousiaste qu'elle ne se sentait pas le courage de leur avouer la vérité. Bien sûr, elles ne lui en tiendraient pas rigueur, elles étaient intelligentes, elles comprendraient. Mais leurs vacances seraient irrémédiablement gâchées. Alors, pourquoi ne pas leur laisser croire que tout s'était déroulé comme prévu ? Si l'expérience échouait, ce qui semblait désormais inévitable, l'échec serait imputé à l'irrationalité du genre humain et non à sa seule sottise. Les trois autres se feraient une raison et ne songeraient plus qu'à profiter de leur séjour en toute quiétude.

Ce beau raisonnement apaisa un peu les scrupules de Gemma qui n'en sursauta pas moins lorsqu'Angie l'apostropha soudain.

— Gemma ! lança-t-elle d'un ton impérieux. Que signifient ces traces humides sur tes joues ? Tu as pleuré ?

Angie dévisageait les joues incriminées avec une mine sévère.

— Non, se rebiffa mollement l'interpellée. Ce sont ces maudites lentilles. Elles m'irritent les yeux. Je peux les enlever ?

— Si tu veux. Mais ne les perds surtout pas.

— Rassure-toi. L'étui est dans ma poche.

Ayant mis les précieux accessoires à l'abri, Gemma chaussa rapidement ses skis et se dressa d'un bond, armée de ses bâtons.

— La dernière arrivée au chalet est de corvée de vaisselle ! En avant !

Un concert de protestations brouillonnes s'éleva et Gemma, galvanisée, s'élança vers le village bientôt suivie par les trois autres skieuses.

Angie avait décidé de consacrer la soirée à la préparation de la deuxième étape du programme. Gemma s'y opposa violemment sous le prétexte judicieux qu'une petite sortie ne leur ferait pas de mal. Toutes quatre soigneusement maquillées, elles se rendirent en traîneau au « Village », la discothèque à la mode. Au terme d'une joute oratoire animée, Gemma avait réussi à convaincre Angie qu'elle n'avait pas besoin de ses accessoires encombrants. Avec un soulagement bien compréhensible, elle avait relégué dans un placard sa crinière blonde et ses yeux postiches. Les quatre ravissantes amies se trouvèrent bien vite au milieu d'un groupe de sympathiques Norvégiens et Norvégiennes qui dansaient et riaient comme des fous. Gemma savourait le côté jovial et bon enfant de cette ambiance qui la détendait agréablement. Elle ne parvenait cependant pas à chasser tout à fait le souvenir cuisant de sa rencontre avec Paul Vérignac.

Les réflexions méprisantes qu'il lui avait jetées au visage tintaient encore sporadiquement à ses oreilles tandis qu'elle bavardait avec Kurt, un des jeunes Norvégiens qui ne la quittait plus. Dans un anglais impeccable, il l'abreuvait de compliments saugrenus et naïfs. Gemma, l'esprit ailleurs, ne bronchait pas.

Les jeunes gens les raccompagnèrent. On décida de se retrouver le lendemain matin. Kurt tenta d'embrasser Gemma qui esquiva en riant. Il n'insista pas.

Les voyageurs s'étaient entassés gaiement dans les deux wagons du chemin de fer à crémaillère. Le petit train progressait vaillamment à flanc de montagne. Poussivement, il avalait les kilomètres, profitait des arrêts réglementaires pour reprendre souffle et se délester progressivement de ses occupants. A mesure que l'on prenait de l'altitude, la qualité de l'air se modifiait subtilement, le froid devenait plus incisif. Lorsque les jeunes gens descendirent au terminus, le soleil inondait Gonergrat.

De là, on pouvait soit prendre un télésiège pour gagner Stockhorn, soit descendre à skis jusqu'à Findeln par une piste modérément difficile. N'étant pas assez expérimentés, les jeunes gens optèrent sagement pour la deuxième solution. Toutefois, avant d'entreprendre leur course, ils décidèrent de s'octroyer une boisson bien chaude. Sur la terrasse du petit restaurant, il y avait foule. On bronzait, et les effluves de l'ambre solaire rivalisaient avec l'odeur du café que l'on sirotait à petites gorgées paresseuses.

Avec un soupir de pur bien-être, Gemma se débarrassa de son bonnet. Ses longs cheveux châtains coulèrent sur ses épaules. D'en bas montaient les rires sonores qui accompagnaient les chutes nombreuses des débutants. Le Matterhorn dressait bien haut ses cîmes arrogantes.

De là où ils étaient assis, les jeunes gens apercevaient à la fois l'arrivée du chemin de fer et le départ du télésiège. Le train dégorgea une nouvelle fournée de voyageurs. Gemma observait distraitement leurs allées et venues. Soudain, elle se raidit. Cette combinaison rouge et noire là-bas... ce n'était pas... Paul Vérignac ? C'était lui en effet. Sa stature, sa démarche surtout rendaient toute confusion impossible. Gemma étouffa un petit cri de souris prise au piège.

— Ne t'inquiète pas, assura précipitamment Angie à qui ce manège n'avait pas échappé. Sans ta perruque, comment veux-tu qu'il te reconnaisse ?

Gemma regarda s'éloigner la haute silhouette. Sa main tremblait lorsqu'elle se décida à porter sa tasse à ses lèvres. Alors que la petite bande s'apprêtait à dévaler la pente, Angie s'approcha avec des mines de conspirateur.

— Il faut absolument que nous sachions si Paul Vérignac vient souvent skier dans les parages. Sa présence ici m'a donné une idée.

— Quel genre d'idée ? s'enquit Gemma avec méfiance.

L'arrivée de Kurt mit fin à ce conciliabule.

La descente jusqu'à Findeln fut enthousiasmante. On se sépara après un déjeuner succinct à Zermatt. Gemma, inquiète, se demandait ce qui germait dans l'imagination fertile d'Angie. Lisa et Joy, flairant du nouveau, ne se firent pas prier pour reprendre le chemin du chalet.

— Eh bien, Angie, questionna finalement Lisa. Si tu nous disais ce que tu complotes ?

— Il m'est venu une idée géniale, rétorqua modestement l'interpellée. J'y ai pensé en voyant Paul Vérignac prendre le télésiège. Nous allons nous arranger pour que Gemma et lui l'empruntent en même temps mais en sens contraire. Elle redescendra vers la vallée pendant qu'il montera. Ils s'apercevront en se croisant, conclut-elle, triomphalement.

— O...ui, peut-être un peu difficile à synchroniser, non ? objecta Joy. Et comment savoir quand il retournera skier de ce côté ?

— Par le conducteur de son traîneau, risqua Lisa.

Pendant qu'elles tournaient et retournaient cette idée, Gemma réfléchissait aux inconvénients qu'elle pouvait présenter. N'en trouvant pas, elle s'y rangea et écouta avec attention les explications prolixes d'Angie.

— Demain matin, nous postons Gemma sur la place, dans un traîneau. Le chauffeur de Paul Vérignac nous lancera un signal convenu pour nous indiquer quel télésiège son client compte prendre. Il y a quatre-vingt-dix-neuf chances sur cent pour qu'il adopte ce moyen de transport. Nous nous précipitons et faisons en sorte que Gemma parvienne au sommet avant lui. S'il se décide pour un tour en voiture, il est bien entendu que nous annulons tout.

— Ça ne lui paraîtra pas bizarre de voir Gemma descendre sur le télésiège ? Tout le monde descend à skis normalement.

— Raison de plus pour qu'il la remarque !

— Et en supposant que j'aie trop d'avance sur lui, objecta Gemma. Si j'arrive en bas au moment où il s'apprête à monter, par exemple ? Je n'ai aucune envie de tomber nez à nez avec lui.

Angie prit un air pensif.

— Joy n'aura qu'à se poster en bas près de l'appareil et à agiter son bonnet dès qu'il aura pris place sur son siège.

Le lendemain matin, Gemma se posta sur la place comme convenu, avec Angie et Joy. Par mesure de prudence, elle portait un bonnet et des lunettes foncées. Lisa surveillait l'entrée de l'hôtel.

— Ça y est ! exulta Angie. Lisa nous fait signe. Il vient de sortir.

Trois paires d'yeux convergèrent aussitôt vers l'établissement.

— Joy, agite ton foulard, qu'elle sache que nous l'avons vue. Tenez-vous prêtes, ajouta le stratège. Elle va nous transmettre le message du conducteur maintenant. Gemma ! Reste assise !

— Oui, chef ! Bien, chef ! bouffonnèrent en chœur ses deux auxiliaires.

— Le signal ! glapit soudain Angie. Elle a levé trois fois le bras gauche. C'est donc qu'il se dirige vers le troisième télésiège à l'ouest de Zermatt. C'est celui qui va à Sunnegga. En route !

Sur son ordre, le traîneau s'ébranla dans un tintement de grelots. Bravant la consigne, Gemma se retourna juste à temps pour voir le véhicule de Paul Vérignac s'engager dans la rue que le leur venait d'emprunter. Pourvu que j'aie le temps de parvenir au sommet avant lui, songea-t-elle, le front soucieux.

Heureusement, les skieurs étaient peu nombreux et elles n'eurent pas de peine à chausser leurs skis avant d'apercevoir le second traîneau.

— Gemma, ordonna Angie d'un ton bref, pars devant avec Joy. Je vais monter la garde. Passe-moi l'écharpe, Joy. Et toi, Gemma, n'oublie pas de te débarrasser de ton bonnet et de tes lunettes quand tu seras arrivée là-haut.

Gemma fut sur le point de répliquer avec humeur mais se contint. Joy et elle s'installèrent et l'appareil les emporta vers le sommet. Joy se démanchait le cou pour ne pas perdre Angie de vue. Le trajet semblait interminable. Arrivées en haut, elles se posèrent avec soulagement sur la terre ferme.

— Impossible de distinguer Angie à cette distance, bougonna Joy. Tu la vois, toi ?

— Non, elle est trop loin et puis il y a trop de monde en bas maintenant.

— Nous aurions dû nous munir de jumelles, gémit Joy. Si son plan échoue, Angie sera furieuse.

Gemma devint écarlate et se détourna vivement.

— Paul Vérignac ne va pas tarder à débarquer. Je ferais mieux de descendre.

Elle ôta ses lunettes et se débarrassa avec précaution de son bonnet.

— Ça va ? Ma perruque est bien en place ?

— Oui. Bonne chance !

— Merci.

Contournant l'appareil, Gemma se réinstalla. Le bruit des voix allait s'estompant. Un silence épais l'enveloppa bientôt. La jeune fille contemplait avec émotion les montagnes majestueuses qui l'environnaient. Quelles forces fabuleuses étaient parvenues à faire sourdre des entrailles de la terre ces impressionnants monstres de pierre. Dire que les hommes, ces fourmis pathétiques, en avaient fait leur terrain de jeu. Etait-ce pour se prouver qu'ils pouvaient, malgré leur petitesse, narguer les puissances mystérieuses qui avaient engendré ces géants ?

Gemma frissonnait, impressionnée par la beauté grandiose du paysage. Le cœur battant, elle porta son regard vers les occupants des sièges qui commençaient à arriver à sa hauteur. Pour la deuxième fois, elle allait rencontrer Paul Vérignac. La gorge nouée, elle se sentait aussi émue qu'une lycéenne sur le point d'assister à sa première surprise-partie.

3

Tous les sièges étaient pris. Gemma, qui s'attendait à croiser Paul Vérignac d'un instant à l'autre, contemplait le paysage avec ostentation tout en jetant des coups d'œil furtifs en direction du télésiège. L'appareil se rapprochait de la vallée, et elle n'apercevait toujours pas Paul Vérignac. Gemma sentit l'affolement la gagner. Elle se mit à dévisager ouvertement les skieurs qui venaient en sens inverse. Et s'il avait revêtu une combinaison d'une autre couleur ? Elle distingua bientôt Angie qui se précipita à sa rencontre dès qu'elle eut mis pied à terre.

— Où est-il passé ? questionna Gemma d'une voix altérée. Ne me dis pas que je l'ai raté.

— Il n'est pas encore arrivé.

— Oh non ! se lamenta Gemma. Tous ces efforts pour rien !

— Je ne comprends pas ce qui a pu se passer, se désola Angie. Le conducteur de son traîneau s'est trompé de signal ou alors c'est Lisa qui l'a mal interprété.

— Que fait-on ? On annule tout ? interrogea Gemma pleine d'espoir.

— Pas question ! rugit Angie. Il a dû être retardé. Tu vas remonter et attendre mon signal cette fois, ordonna-t-elle en appuyant lourdement sur le « cette fois ».

— Figure-toi que de là-haut, il est impossible de le voir, ton signal, rétorqua sèchement Gemma. Il va falloir que je passe la journée sur le télésiège en attendant que Paul Vérignac daigne se manifester ?

Angie baissa le nez, l'air soucieux.

— Non, bien sûr. La file d'attente est trop longue maintenant. Tu risquerais de te retrouver derrière lui dans la queue.

— Alors il m'apercevra quand je descendrai de mon siège.

— Pas forcément. Imagine qu'il soit en train de bavarder ou qu'il regarde de l'autre côté juste à ce moment-là. Ce serait raté. Et puis, on ne peut pas courir le risque qu'il essaie d'engager la conversation avec toi dès qu'il t'aura aperçue.

— C'est vrai, acquiesça mollement Gemma. Que faire ? reprit-elle d'un ton découragé.

— Remonte immédiatement et demande à Joy de descendre. A mi-parcours, qu'elle agite son foulard et je m'embarquerai à mon tour. Ainsi avec ce système de navette, il y en aura toujours une qui aura dans son champ de vision le départ et l'arrivée du télésiège et on pourra se transmettre les signaux sans problème. Génial, non ?

Angie jubilait, fière de sa trouvaille.

— Va vite prévenir Joy. Il n'y a pas une minute à perdre.

En bougonnant, Gemma alla prendre place dans la queue. Installé sur le siège voisin du sien, un jeune Italien volubile entreprit aussitôt d'égrener à son intention un chapelet de compliments aussi laborieux qu'insipides. Voyant que son silence ne le décourageait pas, Gemma, excédée, lui fit part dans son propre langage du peu d'intérêt que lui inspirait son marivaudage. Vexé, l'adolescent sombra sans transition dans un mutisme profond. Lorsqu'ils débarquèrent, il s'éloigna, raide mais digne sur ses planches, ce qui constituait tout de même une assez jolie performance.

Tandis que Gemma regardait descendre Joy, Angie la rejoignit au sommet.

— Toujours rien, commenta-t-elle laconiquement, avant de regagner la vallée.

Ce manège se répéta deux autres fois encore. Si elle n'avait pas été aussi engourdie par le froid, Gemma aurait hurlé d'ennui. Sur la terrasse voisine, se pressait maintenant toute une foule. L'air embaumait le café. Alors qu'Angie s'apprêtait à effectuer sa troisième descente, Gemma se décida. Elle se débarrassa de ses skis et se dirigea d'un pas ferme vers le restaurant. Tant pis pour la consigne. Elle allait commander un café, quitte à le déguster dehors.

Quelques minutes plus tard, tenant dans ses mains un minuscule plateau chargé d'une tasse et d'une énorme part de gâteau à la crème, elle se frayait un passage vers la sortie de l'établissement bondé. En embuant ses verres de contact, la vapeur qui montait du liquide fumant l'aveugla brusquement. Elle se cogna contre le dossier d'une chaise, esquissa un mouvement de recul et heurta un consommateur qui venait d'entrer. Le plateau lui échappa des mains, une voix masculine poussa un juron retentissant.

Clignant follement des paupières, Gemma réussit enfin à distinguer. Planté devant elle, l'air furieux et les mâchoires crispées, se tenait Paul Vérignac. Sous son anorak bleu, il portait un somptueux chandail blanc sur le devant duquel dégoulinait un liquide noirâtre dont Gemma n'eut aucun mal à reconnaître la provenance.

— Oh non ! laissa-t-elle échapper dans un souffle. Je suis vraiment confuse. J'avançais en aveugle et...

— C'est une manie, coupa sa victime sarcastique.

S'emparant d'une serviette en papier, il se mit en devoir d'éponger les dégâts.

— J'ai bien peur que les taches ne partent pas,

murmura faiblement Gemma. Dites-moi combien vous l'avez payé. Je vous ferai un chèque pour que vous puissiez le remplacer.

Un sourire sardonique détendit le visage de Paul Vérignac.

— Impossible. C'est une pièce unique. On l'a réalisée tout exprès pour moi.

— Vraiment ! éclata Gemma ulcérée par ses airs condescendants. Vous croyez peut-être m'impressionner ? Si vous aviez regardé où vous mettiez les pieds, cette collision n'aurait pas eu lieu.

Sur les lèvres de Paul Vérignac, le sourire s'accentua.

— Votre réaction est en tous points conforme à celle que l'on peut attendre d'une personne comme vous, déclara-t-il d'un ton suave.

— Ce qui signifie ? siffla Gemma.

— Que les gens affligés d'un complexe d'infériorité deviennent agressifs dès qu'ils se sentent attaqués.

— Oh ! bafouilla Gemma en s'étranglant de rage. Quel toupet ! Je vous conseille de vous arranger pour ne plus jamais vous trouver sur mon chemin.

Paul Vérignac s'inclina avec ironie.

— Je me ferai une joie de vous obéir, mademoiselle.

Le menton fièrement levé, Gemma effectua une sortie digne et retourna chausser ses skis.

Les répliques cinglantes se bousculaient à retardement dans son esprit. Elle bouillait d'indignation. Aussi ce fut seulement lorsqu'elle aperçut la silhouette familière de Joy sur le télésiège qu'elle se rendit compte qu'elle venait de gâcher la deuxième partie du superbe programme mis au point par Angie. Le rouge lui monta aux joues. Encore un échec, songea-t-elle désolée. Mais aussi, comment pouvait-elle savoir que Paul Vérignac se matérialiserait tout d'un coup dans le restaurant ? Par où diable était-il donc venu ?

L'appareil arrivait. Gemma se rua vers Joy, sauta sur le siège voisin sans lui laisser le temps de descendre.

— Il faut tout annuler. Il est à Sunnegga.

— Quoi ? s'écria Joy interdite. Mais par où est-il passé ? Il n'a pas pris le télésiège.

— Je l'ignore. Tout ce que je sais, c'est qu'il est là, répondit précipitamment Gemma.

— Il t'a vue ? s'enquit Joy d'un ton alerte.

— Nous nous sommes... croisés dans le restaurant, fit Gemma d'une voix sourde.

— Mais c'est formidable ! piailla Joy tout excitée. Il a essayé de t'aborder ?

— Pas du tout ! rétorqua Gemma catégorique.

— Angie va être ravie, assura Joy. Même si la rencontre ne s'est pas déroulée exactement comme elle l'avait prévue. On ferait mieux de la prévenir. Cela lui épargnera un voyage inutile.

— Tu perds ton temps, coupa sèchement Gemma pour mettre fin aux gesticulations de son amie. D'en bas, elle ne peut pas nous voir.

— Mais..., balbutia Joy surprise. Qu'est-ce qui te prend ? Je te trouve bien nerveuse.

— Je suis gelée et je meurs de faim. Voilà ce qu'il y a. Si tu crois que je me suis amusée à rester des heures debout par ce temps !

— Parce que tu imagines qu'il faisait plus chaud sur le télésiège ? demanda doucement Joy.

— Excuse-moi, fit Gemma d'un air contrit. Je suis à cran. Cette histoire devient ridicule. Jamais nous n'aurions dû nous lancer dans une aventure pareille. Surtout quand on voit Paul Vérignac de près. Quel arrogant personnage ! Nous ferions mieux d'abandonner. Notre plan est voué à l'échec.

Joy jeta à son amie un coup d'œil inquiet mais décida avec beaucoup de sagesse qu'il valait mieux se taire. Lorsqu'elles descendirent de leur perchoir, Joy raconta en deux mots à Angie ce qui s'était passé.

— Comment a-t-il bien pu arriver là-haut ? murmura piteusement le malheureux stratège.

Le mystère fut éclairci par Lisa qui venait à leur rencontre.

— J'étais au chalet. Notre informateur a téléphoné. Parce qu'il avait une course à faire, Paul Vérignac est arrivé trop tard pour rejoindre ses amis. Alors, au lieu d'emprunter le télésiège, il a gagné UnterRothorn en hélicoptère et, de là, il a skié jusqu'à Sunnegga.

— Mais pourquoi le conducteur ne nous a-t-il pas prévenues ? maugréa Angie.

— Il a essayé. Sans succès. Il ne t'a trouvée nulle part.

— Evidemment ! J'étais sur le télésiège. Enfin, c'est sans importance, puisque nous sommes tout de même parvenues à nos fins.

La mimique expressive et dissuasive de Joy fut efficace. Angie s'abstint de questionner Gemma comme elle en mourait d'envie.

Une fois au chalet cependant, elle prit Joy à part pour obtenir des explications. Gemma courut s'enfermer dans sa chambre. C'était stupide de perdre son temps comme cela. Au lieu de se lancer dans cette chimérique chasse à l'homme, elles auraient mieux fait de profiter pleinement de leur séjour. Elle se dépouilla avec rage de sa perruque, enfila un jean et descendit.

Les conversations cessèrent net à son entrée. Après un instant de gêne, Angie se précipita vers elle et lança avec un enthousiasme de commande :

— Nous allons déjeuner au restaurant aujourd'hui. C'est toi qui choisis l'endroit où nous allons.

— Pourquoi moi ? maugréa Gemma.

— Le sort t'as désignée. Dépêche-toi, le traîneau va arriver.

On l'entourait, on la cajolait, et Gemma se résigna. Tant qu'elle n'en passerait pas par leurs volontés, elle n'aurait pas la paix. Elle choisit un nom au hasard sur la liste que leur avait fournie le syndicat d'initiative.

— Le Slalom, annonça-t-elle d'un ton morne. Spécialité : la raclette.

Toute la journée on l'entoura de prévenances comme on dorlote un malade bougon. Gemma balançait entre l'agacement et un vif sentiment de culpabilité. Elle aurait tout donné pour que ce projet insensé soit abandonné et que les vacances se déroulent sans la moindre arrière-pensée. Pourtant, ses amies semblaient décidées à aller jusqu'au bout. Ce qui signifiait par voie de conséquence qu'elle serait forcée de les suivre dans cette entreprise. La simple idée d'avoir à affronter de nouveau Paul Vérignac la laissait toute tremblante d'appréhension. Le soir, n'y tenant plus, Gemma apostropha ses amies.

— On peut savoir ce que vous mijotez ? Toutes ces attentions dont vous me couvrez ne me disent rien qui vaille.

Lisa prit la parole.

— Je sais que tu n'as jamais montré beaucoup d'enthousiasme pour notre expérience, commença-t-elle prudemment. Jusqu'ici, cela n'a pas été très drôle pour toi d'attendre dehors par ce froid. Cette fois, nous avons une bien meilleure idée.

— Vraiment ? répondit Gemma acide. Je t'écoute.

— Paul Vérignac s'entraîne tous les jours dans la piscine de l'hôtel près duquel il réside. Tu pourrais t'arranger pour qu'il t'aperçoive, dans ton bikini vert pomme…

— Afin de lui faire admirer ton bronzage, ajouta vivement Joy.

— C'est hors de question, coupa Gemma en

martelant les syllabes avec une précision d'orthopho-
niste.

— Pourquoi ? s'étonna Angie.

— Parce que je n'ai aucune envie de me pavaner
dans cette tenue devant ce monsieur. C'est comme si
vous me demandiez carrément de m'...offrir à lui !

— Pas du tout, protesta Joy. Le sacrifice, c'est
pour après...

— Quoi ! rugit Gemma, écarlate.

— Ne t'énerve pas, fit Angie, conciliante. Joy
plaisantait. Je ne comprends pas ton refus. On te
demande simplement de rester trente secondes dans
son champ de vision, c'est tout. Après quoi, tu files
au vestiaire te rhabiller.

— Gemma, essaie de comprendre ! Tu connais des
gens qui achèteraient une voiture les yeux fermés ?

Cette comparaison attira à son auteur un regard
incendiaire.

— Je vous répète qu'il n'en est pas question,
grinça Gemma. Trouvez autre chose. Je n'ai pas
envie de jouer ce rôle...

Un soupir résigné échappa à Angie.

— Dans ce cas, il va falloir se rabattre sur le plan
B...

— Parce qu'il y a aussi un plan B, hurla Gemma,
folle de rage.

— Eh oui. Connaissant ta pudibonderie, nous
nous attendions à un refus de ta part et avions
envisagé un second scénario.

— Je vous écoute... céda Gemma.

Plantée au beau milieu du hall surchauffé du
restaurant de luxe choisi par Angie, Gemma commençait à se tortiller sous les regards appuyés du
portier. En arrivant, elle avait confié au cerbère
qu'elle attendait des amis. Il lui avait courtoisement
suggéré de s'installer au bar, mais elle avait insisté
pour rester dans l'entrée, près de la porte vitrée, en

bottes et manteau de lynx. Coiffée par Lisa, la perruque blonde jaillissait avec art de la somptueuse fourrure mouchetée. Dans cette tenue et sous son postiche, Gemma transpirait abondamment. Théoriquement, la voiture de Paul Vérignac devait arriver d'un instant à l'autre. Gemma fixait l'entrée du parking, guettant le signal qui lui permettrait de passer à l'action.

Trois jours de préparatifs fébriles avaient été nécessaires pour mettre en scène cette rencontre. Angie avait tout d'abord songé faire dîner Gemma, seule et mystérieuse, dans ce temple de la gastronomie. Devant la dépense, elle avait dû reculer. On avait alors décidé de louer une superbe Ferrari gris métallisé dans laquelle Gemma devait s'engouffrer juste au moment où Paul Vérignac pénétrerait dans le parking au volant de son propre véhicule. Le départ de la troublante et énigmatique inconnue devait coïncider avec l'arrivée du Français.

— Pourquoi une voiture de sport ? avait demandé Joy.

— Parce que c'est plus excitant, plus... mystérieux, scanda Angie le regard dans le vague.

— Franchement, s'obstina la petite Joy au risque de passer pour obtuse, je ne vois pas ce qu'un chassis métallique peut avoir de si... évocateur.

— Voyons ! s'exclama Lisa, l'œil brillant. Imagine Gemma, emmitouflée dans ses fourrures, une moue de dédain plaquée sur son visage délicatement maquillé, enveloppée d'un nuage de parfum. Elle a l'air absent, elle passe à côté de lui sans le voir. D'un geste las, elle ouvre la portière de la Ferrari, se baisse pour s'engouffrer dans le véhicule et dévoile ainsi le galbe parfait de ses longues jambes gainées de soie. Puis, elle démarre et s'élance dans la profonde nuit qui lui ouvre ses bras blancs. Hébété, il regarde disparaître les feux de position et s'interroge, pantelant, sur l'identité de cette créature de rêve. Décemment, nous ne pouvons pas l'installer au volant d'une Deux-chevaux !

Comme au sortir d'une transe, Lisa posa sur ses compagnes un œil troublé de visionnaire.

— Oh…, murmura Joy révérencieusement. Je comprends maintenant.

— Pfft ! siffla Angie. Quelle imagination ! Pas étonnant que tu aies voulu devenir comédienne.

Gemma s'abstint de tout commentaire. Elle se voyait mal, après ce qui s'était passé entre eux, avancer la tête haute devant un Paul Vérignac subjugué…

La Ferrari était garée juste devant le restaurant. La carrosserie rutilante disparaissait tout doucement sous une pluie de flocons qui l'enveloppait d'un suaire immaculé. Elle scrutait anxieusement les ténèbres, guettant avec une tension douloureuse le signal qui saluerait l'arrivée de Paul Vérignac.

Gemma pensait que cette fois tout se passerait comme prévu. Dès qu'elle aurait intercepté le signal, elle rabattrait sur sa tête le lourd capuchon de fourrure et se précipiterait vers la Ferrari. Elle pourrait ainsi raconter à Angie en toute bonne foi que Paul et elle s'étaient croisés.

Perdue dans ses pensées, elle ne remarqua pas les signaux qui lui étaient destinés. Le pinceau lumineux des phares qui balayait le parking la ramena brutalement à la réalité. Elle rabattit si vite la capuche de son manteau que son sac lui échappa et que le contenu roula sur le sol. Aidée du portier, elle se baissa prestement pour ramasser ses affaires. Son réticule sous le bras, elle sortit sous le regard ébahi du courtois préposé.

Paul Vérignac s'était garé juste derrière la Ferrari. Il fermait sa portière. D'un geste brusque, Gemma tira sur sa capuche et tourna la tête de l'autre côté.

Vite, elle courut s'asseoir au volant de sa voiture. Mission accomplie !

Elle mit le contact. La haute silhouette de Paul Vérignac venait de s'encadrer dans la porte. On l'aidait à se débarrasser de son épais manteau. Gemma frissonna. Il lui fallait quitter les lieux au plus vite.

A tâtons, elle saisit le levier de changement de vitesse. Après avoir desserré le frein à main, elle débraya et appuya sur l'accélérateur. La puissante voiture rugit, bondit et... heurta avec violence l'avant de la Lamborghini.

Un horrible bruit de tôle froissée et de verre brisé retentit. Le moteur toussa, se tut et le silence revint. Les jambes molles, Gemma se tassa sur son siège. D'un geste enfantin, elle se cacha le visage dans les mains. Résistant au désir de prendre la fuite, elle serra les dents et redressa le menton. Comme elle s'extrayait péniblement de sa voiture, Paul Vérignac fondit sur elle.

— Je suppose, chuchota une voix dangereusement unie, que l'on ne vous a jamais appris la différence entre la marche avant et la marche arrière.

Le ton était cinglant. Gemma, sans broncher, alla constater l'étendue des dégâts. La Ferrari n'avait pas trop souffert. Quant à l'autre voiture, elle avait une aile enfoncée et un phare brisé.

— Vous ne dites rien ? grinça le propriétaire de la Lamborghini.

— Je vous présente toutes mes excuses, monsieur, articula péniblement en français l'infortunée Gemma. Faites-moi parvenir la note du garagiste, je la règlerai.

— Où puis-je vous joindre ? aboya aussitôt la victime.

— Je... je vous appellerai, murmura Gemma dans un souffle. Demain.

— Vraiment ! fulmina le plaignant. Vous ne savez même pas qui je suis.

Le sarcasme se teintait de méfiance.

— Je… je vais noter vos coordonnées…

— Inutile, coupa sèchement son interlocuteur. Voici ma carte.

Alors que Gemma tendait une main timide dans sa direction, Paul Vérignac la saisit par l'avant-bras et la fit pivoter.

— Aïe ! pépia faiblement Gemma.

Sans Paul Vérignac, elle se serait affalée sur le sol verglacé. Tandis qu'il la rattrappait d'une main, de l'autre il abaissait le lourd capuchon.

— C'est bien ce que je pensais. Encore vous !

Il la dominait de sa haute taille. Son regard étincelait de fureur.

— Décidément vous êtes une catastrophe ambulante. Pourquoi vous acharner ainsi sur moi ? Qu'ai-je fait pour mériter pareil traitement ? Parlez, mademoiselle. Expliquez-vous. Vous étiez singulièrement plus loquace lors de nos deux premières… collisions.

Gemma leva le nez avec peine. Leurs visages étaient si proches que le parfum épicé de son eau de toilette lui emplissait délicieusement les narines.

— Je croyais être en première, bafouilla-t-elle enfin. Mais, j'étais en marche arrière…

Elle s'interrompit.

— C'est la première fois que vous prenez le volant d'une voiture avec conduite à gauche ?

— N-non.

— C'est un comble, rugit son interlocuteur. Vous ne savez pas où sont les vitesses et vous prétendez piloter une voiture pareille, en pleine nuit et par ce temps. Vous êtes complètement inconsciente !

Paul Vérignac esquissa un geste d'incrédulité et Gemma retrouva comme par miracle toute sa combativité.

— Cessez de hurler ainsi, cria-t-elle soudain. Je ne

suis pas sourde. A vous entendre on croirait que j'ai réduit votre bolide en bouillie. Je suppose que vous appartenez à cette race d'hommes qui prodiguent à leur précieuse automobile les soins attentifs qu'ils feraient mieux de réserver à leur femme ou à leur fiancée. C'est d'un ridicule !...

— Je ne vois pas ce qu'il y a de choquant dans ce comportement. Reconnaissez qu'une voiture est infiniment plus fragile qu'une fiancée et surtout, tellement plus docile...

— Oh ! s'écria Gemma en virant à l'écarlate. Comment osez-vous ! Donnez-moi votre carte et finissons-en.

— Vous ne pouvez pas conduire cet engin. Vous êtes un danger public. Où allez-vous ?

— Mêlez-vous de ce qui vous regarde, rétorqua Gemma avec force.

— C'est que je ne tiens pas à avoir votre mort sur la conscience. Même si je considère que votre disparition est une bénédiction pour le monde en général et pour moi en particulier...

— Insolent !

Les poings crispés, le visage convulsé de fureur, Gemma fit un pas en avant. Il lui emprisonna les poignets avant qu'elle ait eu le temps de le frapper et il la toisait de haut en bas d'un air franchement amusé.

— Vous disiez ? s'enquit-il d'un ton suave.

— Lâchez-moi !

Gemma avait beau se tortiller et se débattre comme une furie, elle n'arrivait pas à lui faire lâcher prise.

— Brute ! Je méprise les hommes qui s'imposent par la force.

— Notre supériorité vous agace ?

— Quelle supériorité ? grinça Gemma. Celle de vos biceps ?

— Se pourrait-il que la conduite automobile ne

soit pas le seul domaine dans lequel vous ayez besoin de prendre des leçons ? énonça d'une voix douce son adversaire.

Soudain consciente de son imprudence, Gemma s'empressa de détourner la conversation.

— Nous n'allons pas passer la nuit en palabres stupides. Je vous assure que je suis parfaitement capable de conduire. Ma fausse manœuvre est le résultat d'une distraction passagère. Je... j'étais troublée. Laissez-moi partir, je vous en prie.

Paul Vérignac la relâcha lentement.

— Très bien, mademoiselle, concéda-t-il avec un signe de tête. Je vous rends votre liberté. Mais, avant que je vous laisse vous aventurer seule sur les routes, permettez-moi de m'assurer que vous maîtrisez votre véhicule.

Sans plus de cérémonie, il contourna l'engin et s'installa sur le siège du passager.

Gênée par sa présence, Gemma tendit une main maladroite pour mettre le contact.

— Vous ne vérifiez pas que vous êtes bien au point mort avant de démarrer ?

— Si, bien sûr, bafouilla Gemma dont le cœur s'emballait.

« Que m'arrive-t-il ? se rabroua-t-elle intérieurement. Moi, une jeune femme raisonnable de vingt-deux ans, voilà que je me conduis comme une écolière prise en faute. Ce n'est pas parce que nous avons eu cette altercation que je dois m'effondrer. C'est ridicule !... S'efforçant de retrouver son sang-froid, elle empoigna le levier, se mit au point mort et tourna la clé de contact. Avec précaution, elle passa en première. Appuyant délicatement sur la pédale de l'accélérateur, elle entreprit de se dégager. Un frémissement métallique traversa la Ferrari lorsqu'elle s'arracha au pare-chocs de la Lamborghini. A petite vitesse, Gemma se dirigea vers la sortie du parc de stationnement.

— Pas si vite. Faites deux tours de parking avant de vous lancer sur la route, ordonna brièvement Paul Vérignac qui suivait attentivement ses mouvements.

Gemma le fusilla du regard mais obtempéra. Ce test terminé, elle stoppa devant l'entrée du restaurant. Curieusement, son passager n'avait pas l'air pressé de descendre.

— Vous voilà satisfait ?

— Pleinement. Dites-moi, pourquoi étiez-vous si troublée tout à l'heure ?

— C'est…, cela ne vous regarde pas, rétorqua Gemma en mentant effrontément.

— Quand une jolie fille perd la tête, c'est généralement à cause d'un homme.

Saisie à la fois par le compliment et la perspicacité de son passager, Gemma tourna vivement la tête vers lui. Il la dévisageait avec insistance ; la lumière des néons de l'enseigne accusait crûment les méplats de ce visage énergique. Gemma ne put se défendre d'esquisser un mouvement de recul.

— Vous vous trompez, fit-elle en baissant le nez.

— Je ne crois pas.

Une main ferme l'obligea à relever le menton.

— Vous ne m'avez toujours pas dit votre nom.

— Vous ne m'avez toujours pas donné votre carte, pour que je puisse régler la note du garagiste.

— Laissons cela. Je suis assuré. J'aimerais…

— La question est donc résolue, coupa Gemma. Et maintenant pouvez-vous descendre ? J'ai rendez-vous avec des amis et je suis terriblement en retard.

Paul Vérignac se cala contre le dossier de cuir comme s'il s'apprêtait à passer la nuit dans cet espace confiné.

— Je ne bougerai pas tant que vous ne m'aurez pas dit comment vous vous appelez et où je peux vous joindre, répliqua-t-il avec un calme olympien.

Il avait négligemment allongé le bras sur le dossier

du siège et Gemma se pencha imperceptiblement en avant pour éviter son contact.

— Ce genre d'aventure ne m'intéresse pas. D'ailleurs vous n'êtes pas du tout mon type.

— Oh ! fit tranquillement son voisin. Et quel est votre type, si je puis me permettre ?

Gemma sentit un doigt léger se poser sur ses cheveux, elle tressaillit violemment, recula et le fixa d'un air courroucé.

— Certainement pas les impudents de votre espèce ! Si vous ne sortez pas immédiatement, je klaxonne jusqu'à ce qu'on vienne.

Un rire amusé salua cette tirade.

— Puisque vous insistez, mademoiselle, j'obéis. Mais mon instinct me dit que nous nous... reverrons. Si tant est que ce verbe anodin puisse s'appliquer à nos tumultueuses... rencontres.

Dépliant sa haute taille, il s'extirpa du véhicule et lâcha d'une voix goguenarde :

— Je vous signale que, sur cette voiture, pour klaxonner il faut d'abord mettre le contact !

Là-dessus, il claqua la portière à toute volée et se planta sur le trottoir pour la regarder s'éloigner.

4

Lorsque Gemma regagna enfin le garage où l'attendaient ses amies, on la bombarda de questions. En rendant la voiture au préposé, elle lui fit un compte rendu succinct des événements et lui enjoignit de la rappeler au cas où il constaterait une quelconque anomalie mécanique.

— Surtout, demandez à parler à Miss Kenyon quand vous téléphonerez, précisa-t-elle.

Le traîneau attendait, Gemma rejoignit les autres, grimpa et se pelotonna sous les couvertures.

— Où étais-tu passée ? attaqua aussitôt Angie. Tu en as mis un temps !

— Il n'est pas entré directement dans le restaurant, il a fallu que je l'attende et après, je suis allée faire un tour en voiture, je mourais d'envie de l'essayer, mentit Gemma en rougissant dans l'ombre propice.

— Alors, questionna Joy, il t'a bien regardée, cette fois ? Il a eu l'air intéressé ?

— Très intéressé ! appuya Gemma, heureuse de pouvoir, pour une fois, dire la vérité.

— Formidable ! s'écria le chœur des stratèges.

Pendant que Lisa la débarrassait de sa perruque et mettait les verres de contact en sûreté, Gemma s'efforça de répondre au feu nourri de questions qui s'abattit sur elle.

La soirée à laquelle leurs amis Norvégiens les avaient conviées se tenait dans un petit bar du centre de Zermatt. Sitôt qu'il l'aperçut, Kurt se précipita, prit le manteau de Gemma et, un bras passé autour de sa taille en un geste possessif, il la fit asseoir près de lui sur un long banc de bois. On lui tendit un verre de vin ; la musique tonitruait, l'atmosphère était chaleureuse, Kurt le devint. Gemma l'avait rencontré plusieurs fois déjà, et ils sympathisaient. C'était un beau et grand garçon blond.

Curieusement, au milieu des cris et des rires, elle ne se sentait pas au diapason. Elle avait l'impression d'être là en observatrice et suivait sans les voir les évolutions des danseurs sur la piste cirée. Paul Vérignac hantait ses pensées. Elle le revoyait, assis près d'elle sur le siège de cuir, avec son sourire ironique. Aussi, lorsque le jeune Kurt, après lui avoir passé un bras autour des épaules, se mit en devoir de lui caresser la nuque, elle ne put s'empêcher de penser à la douceur avec laquelle Paul avait promené son index sur son cou. « Mais... se rabroua Gemma, interdite, je l'appelle par son prénom ! » Il fallait réagir. Décidée à chasser le séduisant intrus de son esprit, elle se tourna vers Kurt et le gratifia d'un sourire éblouissant pour se faire pardonner son manque d'attention. Interprétant cette mimique dans le sens qui lui convenait, le jeune homme respira profondément et plaqua sur les lèvres de sa belle voisine un baiser aussi sonore qu'insipide.

La soirée s'effilochait, tout le monde arborait un sourire un peu niais sous l'effet de l'alcool. Gemma ne s'était jamais sentie aussi sobre, aussi lucide. La lune blême et ronde inondait le village d'une clarté irréelle. Elle aspira une longue gorgée d'air, et le froid mordant la fit frissonner. Les bars se vidaient. Les rues s'emplissaient d'une foule un peu éméchée. Avec un joyeux bruit de grelots, les véhicules bario-

54

lés s'ébranlaient au petit trot, tirés par des chevaux aux membres engourdis. Gemma recula soudain et se dissimula dans l'ombre d'une porte. Dans le traîneau qui venait de la frôler, elle venait d'apercevoir Paul Vérignac. Une jeune femme ravissante l'accompagnait, serrée frileusement contre lui. Un rire léger fusa. Et elle vit leurs bouches s'unir interminablement.

— Gemma ! Ça ne va pas ? s'inquiéta Kurt. Vous faites bande à part ?

Elle jeta sur le sympathique Norvégien un regard égaré.

— Ce n'est rien, balbutia-t-elle avec gêne.

Il la prit par la main ; elle le suivit machinalement, tout en se tordant le cou pour ne pas perdre le traîneau de vue.

— Des amis à vous ? interrogea Kurt aimablement.

Gemma hocha la tête. Le véhicule ralentit, s'engagea dans la rue qui conduisait au chalet que Paul Vérignac occupait, juste derrière l'hôtel. Cette femme était-elle une de ses nouvelles conquêtes ? Une de celles dont les gazettes mondaines tenaient la liste à jour avec un soin gourmand ? Cette pensée déchaîna chez Gemma un tourbillon d'émotions aussi violentes que contradictoires. Dans son inexpérience, elle ne parvint pas à les analyser, mais elles lui laissèrent dans la bouche un goût d'amertume très prononcé. Une vague de frissons lui courut dans le dos.

— Vous grelottez, dit simplement Kurt.

Et il l'attira contre lui pour la réchauffer. Cette nuit n'eut soudain plus rien d'irréel ni de mystérieux. Gemma souhaita tout bas n'être jamais venue à Zermatt et n'avoir jamais entendu parler de Paul Vérignac.

Douze heures plus tard, la station retrouvait son animation habituelle. Sous les rayons bienfaisants du soleil, des grappes de skieurs s'acheminaient vers les pistes. Joy était à sa leçon de ski. Lisa était allée interroger son précieux informateur. Restée seule au chalet, Angie recopiait soigneusement ses notes. Quant à Gemma, revêtue bien sûr de son déguisement, on l'avait envoyée chercher du vin pour le dîner. En effet, selon Angie, aucune occasion n'était à négliger. Comme si les regards de Paul Vérignac pouvaient encore s'attarder sur elle après ce qui s'était passé...

Ses blondes tresses postiches dansant sur ses épaules, Gemma s'en fut d'un bon pas au village. Elle passa un long moment avec le propriétaire de la boutique à discuter les mérites respectifs des vins qu'il lui proposait. Ses bouteilles sous le bras, elle décida de flâner un peu au soleil. S'aventurant dans des rues peu fréquentées, elle tomba bientôt en arrêt devant la vitrine d'un libraire. C'était le genre de magasin qui la passionnait.

Un cri de surprise lui échappa. Dressé sur un lutrin de bois, un ouvrage offrait à ses yeux éblouis les enluminures délicates qui avaient résisté aux ravages du temps. Le nez collé à la paroi vitrée, elle s'efforçait d'en déchiffrer le titre. C'était un livre d'Heures datant du Moyen Age. Une bouffée de regret l'envahit. Jamais elle ne pourrait posséder un tel trésor, en caresser la reliure granuleuse. Son manque de fortune la condamnait à n'avoir avec ces manuscrits précieux que des contacts furtifs et fugaces dans l'anonymat des bibliothèques universitaires où se pressaient les étudiants en cohortes studieuses.

Avec un soupir, elle s'arracha à sa contemplation. Une voix familière l'interpella soudain.

— On peut savoir ce qui vous passionne à ce point ?

— Vous ! s'écria platement Gemma qui, de stupeur, faillit laisser tomber son sac et son chargement.

— Comme vous êtes nerveuse, commenta la voix nette. Je ferais mieux de m'en charger, si vous le voulez bien.

Gemma leva le bras en signe de protestation. Une main ferme emprisonna la sienne et la gratifia d'un baiser.

— Vous êtes rentrée sans anicroche hier soir, si je comprends bien.

Gemma se dégagea, recula d'un pas.

— Et vous ? siffla-t-elle en repensant à la ravissante inconnue.

Les sourcils de son interlocuteur s'arquèrent.

— Mais... moi aussi.

Il s'approcha de la devanture.

— Vous ne voulez pas me dire ce qui vous fascine au milieu de tout ce fatras ? Pas cet ouvrage défiguré par les siècles, tout de même ?

— Bien sûr que non, se récria vivement Gemma.

Elle venait de se souvenir à temps du peu de goût de Paul Vérignac pour les intellectuelles.

— Ce livre, là, sur l'étagère de gauche.

— Vraiment ?

Les sourcils s'arquèrent davantage encore. Le regard pétillait de malice.

Surprise, Gemma jeta un coup d'œil dans la direction qu'elle venait d'indiquer. « L'amour à travers les âges », lut-elle avec effarement. Le titre de l'ouvrage ne laissait aucun doute sur la nature du combat que se livraient, tous membres confondus, les protagonistes nus et musclés dont la photo ornait la couverture glacée. Gemma se sentit rougir jusqu'à la racine des cheveux.

— Mais non, lança-t-elle avec une hargne de bouledogue. Pas celui-là. L'autre !

Un sourire s'amorça sur le visage carré.

— Mes bouteilles, jeta Gemma peu gracieusement.

Laissez. Je vais les porter.

Pivotant sur lui-même, Paul Vérignac repartit vers le centre et Gemma dut lui emboîter le pas.

— Qui vous dit que nous allons dans la même direction ? fulmina-t-elle.

— Votre direction sera la mienne. J'ai passé la matinée à écumer le village à votre recherche. Maintenant que je vous ai retrouvée, je ne vous quitte plus.

Sidérée, Gemma se figea.

— Vous... vous m'avez cherchée... partout ?

— Parfaitement.

Il la toisait et une grimace amusée retroussait sa lèvre.

— Mais... bafouilla Gemma. Pourquoi ?

Comment n'y avait-elle pas pensé plus tôt ? Il avait changé d'avis au sujet de la note du garagiste.

— Les dégâts sont plus importants que vous ne croyiez ? s'enquit-elle, les jambes molles.

— L'argent, s'esclaffa franchement Paul Vérignac, vous pensez que c'est à cause de cela que je bats la campagne depuis l'aube ! Vous me connaissez mal, mademoiselle.

— Dites plutôt que je ne vous connais pas. Je n'ai d'ailleurs aucune envie de faire votre connaissance, rétorqua Gemma d'un ton pincé.

Frappant le sol d'une botte impatiente, elle ajouta :

— Rendez-moi mon sac et laissez-moi tranquille. On m'attend.

Son interlocuteur laissa échapper un soupir d'exaspération.

— Quel caractère ! Je n'ai jamais rencontré quelqu'un d'aussi irascible. Vous ne pouvez pas échanger trois mots avec un de vos semblables sans que la conversation tourne à la bagarre ?

Gemma baissa le nez.

— C'est que nous nous rencontrons dans des circonstances tellement... extraordinaires...

— En effet, renchérit Paul Vérignac en découvrant des dents d'une blancheur éblouissante. Aussi je vous propose de repartir de zéro. Vous ne voulez pas me croire ? C'est vrai que je vous cherche dans tout Zermatt depuis ce matin. Et savez-vous pourquoi ? Parce que je vous trouve très belle et que j'ai envie d'apprendre à vous connaître.

Du bout de l'index, il suivait le modelé de sa joue, le dessin de sa bouche.

Le cœur de Gemma se mit à battre à grands coups ; sa gorge se noua et elle ne put articuler un mot. L'expérience, le charme de ce séducteur-né étaient renversants, et renversante aussi la certitude qu'il affichait de la voir succomber, le moment venu. Aucun homme ne l'avait jamais regardée comme il venait de le faire. Jamais on ne lui avait dit avec tant de fougue qu'elle était belle. Un brusque frisson la parcourut. Un tremblement subtil passa sur ses lèvres délicatement ourlées. Gemma se sentit envahie par une torpeur heureuse. La lueur de triomphe qui s'alluma alors dans les prunelles sombres l'arracha brutalement à cette sensation délicieuse. En foule, des images vinrent assaillir sa mémoire. Elle revit l'expression douloureuse de la jeune fille en jaune dont il s'était débarrassé avec tant de désinvolture, elle revit aussi la longue chevelure platinée répandue la veille au soir sur son épaule. L'évocation des cheveux blonds lui rappela aussitôt la comédie qu'elle jouait sur ordre à cet homme inconstant. Sans doute il ne la trouvait séduisante qu'à cause des accessoires dont elle se parait pour lui plaire.

Redressant crânement le menton, Gemma dévisagea sévèrement le charmeur.

— Vos tirades ne m'impressionnent pas le moins du monde. Je suis sûre que vous saurez trouver ailleurs des oreilles plus complaisantes.

Paul Vérignac fronça les sourcils et partit d'un violent éclat de rire.

— Venant de vous, mademoiselle, une autre réplique m'aurait déçu. Ne croyez-vous pas qu'il serait temps que nous nous présentions ? Nous n'allons pas continuer à échanger indéfiniment des « monsieur » et des « mademoiselle » qui ralentissent fâcheusement le rythme de la conversation. Je me présente donc. Paul Vérignac.

— Enchantée.

— Selon un usage bien établi dans notre société civilisée, la plus élémentaire des politesses voudrait que vous me rendiez la pareille.

Gemma lui jeta un regard noir. Son instinct lui commandait de se taire. Pour l'instant, et dans la mesure où elle savait presque tout de lui, elle avait les atouts en main. Que savait-il d'elle, en effet ? En lui dévoilant son identité, elle prenait un risque. Aussi fut-ce avec une réticence marquée qu'elle consentit à se dépouiller de son anonymat.

— Gemma Kenyon.

Paul Vérignac eut une courtoise inclinaison du buste.

— Très heureux. Savez-vous que ce prénom vous va à ravir ?

Le nez de Gemma se pinça de fureur ce qui déclencha chez son interlocuteur une nouvelle crise de rire. Il prit une mine faussement contrite.

— Pardonnez-moi. J'oubliais que vous êtes anglaise.

— Je ne comprends pas, fit Gemma d'un ton sec et mortifié.

— Les Anglaises ont la réputation de ne pas aimer les compliments, expliqua complaisamment Paul Vérignac le sourire aux lèvres.

— Quand ils sont aussi stupides, certainement ! rétorqua Gemma avec aigreur.

Le sourire de son interlocuteur s'intensifia.

— Mais, poursuivit Gemma, pouvez-vous m'expliquer d'où nous vient cette soi-disant réputation et notre soi-disant manque de goût pour les compliments ? Vous semblez si catégorique...

D'un signe, il arrêta un traîneau et l'aida à prendre place.

— Voyons, c'est évident ! Vos compatriotes sont si peu enclins à vous en adresser que vous ne savez pas comment les recevoir. Il faut voir avec quelle gaucherie ou quel air soupçonneux les jeunes filles d'Outre-Manche accueillent un mot gentil. Je trouve cela franchement désolant.

Ce commentaire ironique remua la fibre patriotique de Gemma qui se rua aussitôt à la défense de la gent masculine de la verte Albion.

— Ce que vous dites est complètement faux ! explosa-t-elle non sans une certaine dose de mauvaise foi. Je me demande d'où vous tirez vos informations ! Que pouvez-vous bien savoir du comportement des Britanniques avec leurs homologues féminins ?

— Je me borne à répéter ce que m'en ont dit précisément ces homologues féminins.

Gemma eut un haut-le-corps indigné. Cette conversation oiseuse n'avait que trop duré.

— Puis-je savoir où nous allons ? demanda-t-elle soudain pour faire diversion. Ce n'est pas de ce côté que j'habite.

Le traîneau les emportait à vive allure dans la direction exactement opposée à celle où se trouvait le chalet Domino.

— J'ai pensé que vous aimeriez peut-être assister aux courses de patin à glace. Vous ne devez pas être rentrée chez vous à une heure précise ?

— C'est-à-dire... Enfin, non, concéda Gemma. Mais qui vous dit que j'ai envie de vous accompagner ?

— Mon instinct...

— Votre instinct ! persifla Gemma.

— ... de conservation, railla-t-il. Je me suis dit

qu'en vous gardant près de moi j'éviterais probablement une nouvelle collision. Nos rencontres sont toujours tellement brutales.

Gemma ne put s'empêcher de pouffer.

— Devant ce genre d'argument, je ne peux que m'incliner !

Les yeux brillants de malice, elle se tourna vers lui. Le soleil faisait vibrer l'or de sa chevelure et l'espace d'un instant, une expression grave apparut sur les traits de son compagnon. Elle disparut, et le sourire légèrement ironique détendit à nouveau la grande bouche.

Les spectateurs se pressaient déjà en rangs serrés autour du lac pour assister aux premières courses. Paul se fraya adroitement un passage à travers la foule compacte. Cette manifestation sportive était d'une importance capitale. Le vainqueur serait sélectionné pour représenter son pays aux prochains jeux olympiques d'hiver. Aussi sentait-on une excitation presque palpable agiter l'assistance.

— Vous avez un favori ? s'enquit Paul machinalement.

Gemma examina d'un air pensif les participants alignés pour le départ.

— Le troisième en partant de la gauche, celui qui porte un casque rouge.

— Oh, fit Paul un peu surpris. Vous avez l'air bien catégorique.

La course fut très disputée et ce fut le candidat désigné par Gemma qui l'emporta avec plusieurs mètres d'avance.

— Vous le connaissiez ? s'étonna Paul de plus en plus surpris.

— Pas du tout.

Gemma eut un petit haussement d'épaules modeste.

— J'ai une sorte de flair pour ce genre de choses.

— On tente à nouveau expérience ? proposa Paul. Quels sont vos pronostics pour la deuxième course ?

Gemma balaya la rangée de patineurs d'un coup d'œil négligent.

— Le numéro vingt et un, répliqua-t-elle sans l'ombre d'une hésitation.

— Que pariez-vous ?

— Rien. Je suis contre les jeux de hasard.

Paul lui jeta un regard sceptique mais n'insista pas. Le concurrent désigné par Gemma gagna haut la main. Comme d'ailleurs les quatre autres concurrents qu'elle choisit distraitement. Pour la dernière épreuve, on eut du mal à départager les deux hommes de tête. Et lorsque le haut-parleur annonça finalement que le Suédois était vainqueur, Gemma sourit. C'était en effet l'un des deux gagnants possibles qu'elle avait retenus, incapable qu'elle avait été de désigner avec certitude le vainqueur de la finale.

Médusé, Paul se tourna vers elle.

— Ce n'est pas possible ! Vous avez un secret, s'exclama-t-il enfin.

— Non. Je vous l'ai dit, j'ai de la chance.

— Vous êtes très psychologue. Peut-être reconnaissez-vous les futurs vainqueurs à leur air déterminé ?

— Peut-être, concéda placidement Gemma. Mais j'ai autant de chance avec les nombres.

— Les nombres ?

Paul la fixait intensément maintenant.

— Vous avez de la chance au jeu ? A la roulette, par exemple ?

— Je l'ignore. Je n'y ai jamais joué, répondit Gemma avec simplicité.

— Voilà une lacune que nous allons combler. Dans l'hôtel près duquel je réside, il y a un Casino. Je propose que nous testions dès ce soir vos étonnantes facultés.

Gemma se raidit.

— Il n'en est pas question.

— Mais pourquoi ? s'écria-t-il en la faisant pivoter vers lui.

— Je vous l'ai dit. Je ne joue jamais pour de l'argent. Les jeux de hasard, c'est bon pour les gens blasés qui veulent se donner des sensations fortes, déclara-t-elle d'un ton incisif. Allez-y si vous voulez. Mais sans moi. Je n'ai pas l'intention de mettre les pieds dans ce lieu de perdition.

— Au fond, ce qui vous retient, vous et tous ceux qui tiennent ces discours moralisateurs, c'est tout bonnement la peur de perdre, jeta Paul avec hargne.

Gemma vira à l'écarlate.

— Il y a d'autres motivations que vous n'avez pas envisagées, rétorqua Gemma avec une hargne égale. L'étroitesse de mon budget, par exemple !

— Ne vous fâchez pas, murmura son interlocuteur. Je voulais seulement vérifier l'étendue de votre pouvoir de divination. Je suis prêt à financer l'opération. Qu'en dites-vous ?

— Vous trouvez que vous n'êtes pas suffisamment riche comme cela ? ironisa lourdement Gemma avec un rictus mauvais.

— Ne soyez pas ridicule. Je vais vous faire une proposition. Si nous gagnons, nous ferons don de l'argent à une œuvre charitable. Qu'en dites-vous ?

— N'importe quelle œuvre ? interrogea Gemma d'un air soupçonneux.

— N'importe laquelle, acquiesça son persécuteur.

Gemma prit une longue inspiration et capitula.

— Dans ces conditions, j'accepte.

Ils déjeunèrent ensemble dans un restaurant intime et cossu à la fois. Gemma refusa de passer l'après-midi en compagnie de Paul et rendez-vous fut pris pour le soir même. Il lui fallait maintenant trouver un moyen de convaincre les autres de la laisser sortir le soir même avec son déguisement.

Tournant et retournant toutes sortes de plans dans son esprit, elle prit le chemin du chalet.

Lorsque Gemma, ses bouteilles à la main, rejoignit leur demeure, l'accueil de Lisa et d'Angie fut plus que morne.

— Joy n'est pas là? s'étonna-t-elle.

— Toujours sur les pistes. A croire que son moniteur l'a hypnotisée, jeta pensivement Lisa. Et toi, d'où sors-tu?

— Oh, éluda Gemma, j'ai traîné un peu et je suis allée faire un tour du côté du lac. Il y avait des compétitions de patin à glace.

Gemma rangeait les bouteilles dans le réfrigérateur. Avec un soupir de bien-être, elle s'affala dans un fauteuil et se déchaussa.

— Vous avez l'air sinistre, remarqua-t-elle soudain. Que se passe-t-il?

Angie et Lisa s'entre-regardèrent.

— Il y a un fait nouveau en ce qui concerne notre expérience, marmonna Angie d'un air accablé. Quelque chose de totalement imprévisible est arrivé. Nous allons sûrement être obligées de mettre un point final à cette entreprise.

Gemma haussa un sourcil interrogateur.

— Tu vas être ravie, toi qui étais contre depuis le début, ajouta Angie dont la mine s'allongea encore un peu plus.

— De quoi s'agit-il? questionna prudemment Gemma.

Une allégresse discrète s'empara d'elle… un peu semblable à la joie secrète des enfants auxquels on oublie de faire réciter leurs leçons.

— En bavardant avec notre informateur ce matin, enchaîna Lisa, j'ai appris l'arrivée à Zermatt d'une des anciennes amies de cœur de Paul Vérignac, une certaine Louise Jellien. Il y a six mois, elle avait mis fin à leur tumultueuse liaison en convolant avec un richissime quinquagénaire. Or, elle vient de l'abandonner pour se précipiter de nouveau dans les bras du séduisant Français. Ils ont passé la soirée ensemble hier.

— Il y a peu de chances qu'il s'intéresse à toi maintenant, fulmina Angie. Quand je pense au temps et à l'énergie que nous avons gaspillés ! Sans parler de l'argent que nous, et Lisa surtout, avons investi dans ce projet...

D'un geste rageur, elle jeta son stylo sur la table.

Gemma fronçait un sourcil perplexe. La belle inconnue était-elle déjà repartie ? Paul et elle se seraient-ils brouillés de nouveau ?

— Dis quelque chose, supplia Angie. Après tout, c'est toi la principale intéressée dans cette histoire. Tu crois qu'il faut abandonner ?

— Certainement pas, se récria aussitôt Gemma. J'ignore où en sont les relations entre Paul Vérignac et Louise Jellien, mais ce que je sais c'est que j'ai rencontré Paul ce matin. Et il était seul.

— Où cela s'est-il passé ?

Angie se redressa, les lunettes en bataille.

— En ville, pendant que je faisais les courses.

— Il t'a vue ? lança Lisa.

— Oui, concéda sobrement l'interviewée. Non seulement il m'a vue, mais...

Deux visages impatients se tendaient vers la narratrice.

— ... il m'a dit bonjour.

— Formidable ! glapit Angie qui se précipita vers Gemma pour la féliciter. Tu as raison, ce n'est pas le moment de renoncer. Je cours chercher mes papiers. On se remet au travail immédiatement.

Lisa observait pensivement l'héroïne.

— Que se passe-t-il, ma petite Gemma ? Je croyais que cette expérience te déplaisait et voilà que tu relances toute l'opération maintenant ? Pourquoi ce revirement soudain ?

— Mais, pour toutes les raisons qu'Angie a évoquées. Il serait dommage que nos efforts et notre temps aient été dépensés en pure perte.

— Vraiment ! murmura Lisa d'un air goguenard. Tu ne serais pas plutôt tombée amoureuse de ce Paul Vérignac, par hasard ?

— Moi ? C'est tout juste si nous avons échangé deux mots.

Secouant ses cheveux bouclés qu'elle venait de libérer de la perruque blonde, Gemma parvint à articuler cette phrase avec une certaine âpreté. Pourquoi avait-elle redonné espoir à ses amies alors qu'il eût été tellement plus simple de tomber d'accord avec elles ? Quel soulagement c'eût été pour elle de ne plus avoir à se déguiser, à jouer ce rôle odieux… Quelles tortueuses motivations avaient bien pu la pousser à les persuader de mener l'expérience à son terme ?

Pour se donner une contenance, Gemma s'empara d'une revue et se mit à la feuilleter d'un air absorbé. Lisa ne la quittait pas des yeux. Dans le silence gêné qui s'établit dans la pièce, la vérité lui apparut tout à coup. Jamais elle n'avait rencontré un homme de l'envergure de Paul Vérignac. La force et le charme qui émanaient de lui composaient un cocktail subtil et redoutable qui l'avait bouleversée. Ce sourire perpétuellement moqueur était une provocation. Il avait l'air tellement sûr de lui et de son pouvoir de séduction que c'en était insupportable. Elle lui montrerait qu'elle était imperméable à son charme. C'était pour cela qu'elle avait relevé le défi. Un frisson délicieux lui traversa le corps. Paul Vérignac s'imaginait pouvoir réduire toutes les femmes à sa merci, il comptait passer sa vie à les collectionner, comme un entomologiste collectionne les papillons. Il serait intéressant de voir son visage se décomposer lorsqu'il se rendrait compte qu'une de ces malheureuses en avait usé de même avec lui.

Angie redescendait en courant, ses papiers à la main. Brutalement tirée de sa rêverie, Gemma sursauta.

— Il ne nous reste plus beaucoup de temps, constata-t-elle. Il va donc falloir agir vite si nous voulons que les fiançailles soient célébrées avant la fin des vacances. Comment les mettre en présence ? Vous avez des suggestions ?

Gemma garda un silence prudent.

— Ils se sont salués, ce ne sont plus tout à fait des inconnus l'un pour l'autre, rappela Lisa. Arrangeons-nous pour que leurs chemins se croisent et faisons confiance à notre « cobaye ». Il saura prendre l'initiative. C'est assez dans ses habitudes, si j'ai bien compris, ajouta-t-elle non sans perfidie.

— Je me suis laissé dire qu'il dînait à son hôtel d'ordinaire, risqua Gemma avec une indifférence étudiée.

Lisa opina.

— Tu as un plan ?

— Comme le temps presse, je pensais que nous pourrions forcer le hasard. Pourquoi ne l'attendrais-je pas au bar d'où je guetterais sa sortie du restaurant ?

Lisa fronça les sourcils mais ne dit mot.

— Excellente idée ! s'enthousiasma Angie. Arrange-toi pour que cette rencontre ait l'air purement fortuite.

— Bien sûr, je jouerai mon rôle avec conviction.

— Je n'en doute pas, lâcha Lisa sarcastique.

Lorsque Joy regagna le chalet, les préparatifs allaient bon train. Armée d'un peigne soufflant, Lisa lissait les longues mèches de la perruque blonde. Une ravissante robe du soir avait été prélevée dans la garde-robe providentielle de l'apprentie coiffeuse, et Angie en rectifiait fébrilement l'ourlet. Très appliquée, Gemma se passait du vernis sur les ongles.

— Quel branle-bas de combat ! souffla la petite Joy, sidérée. Que se passe-t-il ?

— Tu tombes bien ! Prends le téléphone et commande un traîneau. Il faudra que l'on vienne prendre Gemma à dix-neuf heures trente précises.

— Pourquoi ? s'enquit faiblement Joy, dévorée de curiosité. Je voudrais savoir pourquoi ! insista-t-elle d'une voix suraiguë.

— Parce que Gemma doit rencontrer Paul Vérignac ce soir, crièrent en chœur Lisa et Angie.

— Hourrah ! fit Joy en se précipitant vers le combiné.

Leur ouvrage terminé, les trois amies examinèrent d'un œil critique le fruit de leur labeur. Un fourreau de satin bleu nuit épousait avec art les formes délicates de Gemma. Massés en boucles lâches sur le sommet de la tête, les cheveux dorés retombaient en molles cascades sur le dos et les épaules laiteuses.

— Tu es sûre qu'on ne verra pas les épingles au moins ? s'inquiéta Joy.

— Impossible, elles sont dissimulées dans les boucles.

— Dommage que nous n'ayons pas de bijoux à prêter à Gemma, observa Angie.

— Mon clip ! s'écria Joy.

Elle revint en brandissant la broche qui figurait un scorpion à la queue acérée.

— Parfait ! rit nerveusement Gemma. Cela me paraît tout à fait adapté aux circonstances !

— Sois prudente, Gemma. Si Paul Vérignac venait à se douter de ce qui se trame contre lui, tu pourrais le payer très cher.

Les jeunes filles s'entre-regardèrent en silence. On eût dit qu'elles venaient seulement de prendre conscience des dangers de l'entreprise.

— Ne craignez rien, assura Gemma avec un optimisme de commande. Tout se passera bien.

On l'aida à enfiler le lourd manteau de fourrure et

elle se glissa dans le traîneau qui démarra au petit trot. Une impatience mêlée d'appréhension lui serrait le cœur. Lorsque les chevaux stoppèrent devant l'hôtel, elle descendit du véhicule d'un pas incertain et s'avança vers la façade brillamment illuminée. Sous l'œil vaguement étonné du portier, elle marqua un temps d'arrêt, prit une profonde inspiration et s'engouffra, comme on plonge, dans le rutilant établissement.

Sanglé dans un impeccable smoking noir, Paul Vérignac la regarda traverser le hall, une cigarette aux doigts.

— Vous êtes en retard, constata-t-il en lui baisant la main.

— Vous voulez que je fasse demi-tour ? questionna sèchement l'arrivante.

— Ne soyez pas si susceptible.

Gemma baissa les yeux.

— Permettez-moi de vous aider à vous débarrasser de votre fourrure.

Approbateur, le regard viril détaillait la silhouette élancée.

— Si je ne connaissais pas votre aversion pour les compliments... je dirais que je vous trouve ravissante. Le contraste de vos cils sombres avec vos cheveux dorés, quelle merveille !

— Merci, dit simplement Gemma en riant sous cape.

Son bras passé sous le sien, il la conduisit jusqu'à la table d'angle qu'il avait retenue. Les regards admiratifs des dîneurs convergeaient vers ce couple superbe.

— J'aurais pu passer vous prendre. Où demeurez-vous exactement ? s'empressa Paul Vérignac.

— De l'autre côté du village, éluda Gemma.

— Dans un hôtel ? Une pension ?

On leur apportait les menus.

— Un apéritif ?

— Volontiers ! Un Martini.

Gemma se plongea dans la lecture de la carte.

— Vous n'avez pas répondu à ma question, rappela son vis-à-vis.

— Pardon ? Oh non ! Nous avons loué un petit chalet.

— Vous êtes venue avec des parents ?

— Non, dit Gemma d'un ton léger. Avec des amis. C'est vrai que l'hôtel possède une piscine de taille olympique ? questionna-t-elle vivement pour détourner la conversation.

Paul ne releva pas, mais, avec l'esprit de suite qu'il mettait en toutes choses, il revint à la charge à plusieurs reprises. Gemma répondait avec circonspection. Voyant qu'elle refusait de parler d'elle, Paul Vérignac parla de lui. Loin d'empiéter sur sa vie privée, sa vie professionnelle semblait tenir une place infime dans son existence dorée de playboy international. Ce bourreau des cœurs n'était manifestement pas un bourreau de travail. Gemma qui ne disait mot n'en pensait pas moins. Une flamme expressive passa dans son regard. Elle s'empressa de fixer la nappe damassée, mais il avait eu le temps de surprendre la lueur de mépris qui avait clignoté dans ses yeux. Une poigne de fer s'abattit sur la main frêle, la serra à la broyer. Gemma poussa un petit cri de douleur.

— Mon mode de vie vous déplaît ? jeta une voix mordante.

— N-non... Je m'étonnais que vous n'ayez pas de but dans l'existence.

Ses lèvres se retroussèrent en une grimace cynique.

— Dois-je comprendre que vous en avez un ?

Cinglée par l'âpreté du ton, Gemma faillit se laisser aller aux confidences. Elle se retint de lui confier ses projets d'avenir, les études qu'elle suivait, la carrière qu'elle comptait mener.

— Non... Excusez-moi. Je me mêle de ce qui ne me regarde pas.

Et, les yeux dans les yeux, elle soutint bravement le regard hostile dont il l'enveloppa.

Il desserra sa prise et Gemma se frictionna le poignet. Sans un mot, Paul Vérignac finit son cognac d'un trait.

— Si vous avez terminé, nous pourrions peut-être aller jouer.

Le Casino occupait le premier étage de l'hôtel. Dans la vaste salle au plafond très haut, il y avait foule. Par petits groupes, on s'agglutinait autour des tables. Des rires fusaient. Les conversations bourdonnaient. Paul tendit à sa compagne une poignée de jetons. Gemma esquissa un mouvement de recul.

— Je ne sais pas jouer. Montrez-moi.

Il se dirigea vers une table de roulette et s'assit. Gemma vint se poster à ses côtés pour suivre la partie. Les gens qui ne bavardaient pas avaient un port de tête rigide. Ils suivaient avec une fixité douloureuse la course de la bille sur le plateau. Paul misa sur un nombre noir et perdit. Le rateau du croupier se détendit, ramenant prestement son butin. Au bout d'un quart d'heure de ce manège, le joueur, que la malchance n'avait pas quitté, se tourna vers Gemma.

— Vous voulez essayer ?

Gemma acquiesça et ils permutèrent.

Avec un cri de saisissement, elle reposa le jeton qu'il lui avait donné. Convertissant approximativement les francs suisses en livres sterling, elle se livra à un rapide exercice de calcul mental. Le résultat la stupéfia. Ce ridicule morceau de matière plastique représentait donc une telle somme d'argent ! Mais alors... Paul avait perdu une petite fortune. Elle chercha fébrilement dans le tas amoncelé devant elle un jeton de moindre valeur, n'en trouva pas. Prise de panique, elle tourna vers son banquier un sourcil interrogateur. Un simple hochement de tête d'encouragement répondit à sa mimique affolée.

La bouche sèche et les tempes battantes, Gemma déglutit péniblement. D'une main tremblante, elle saisit un jeton, le plaça sur le vingt-deux rouge. Elle perdit et rejoua, cette fois avec succès. Le croupier fit glisser vers elle une pile de jetons. Ce premier gain lui donna confiance en elle. La partie était commencée.

Bien sûr, elle ne gagnait pas à tous les coups, mais les gains compensaient largement les pertes. Suffisamment même, pour qu'elle se mette à suivre la course de la bille avec autant d'attention que ses voisins. Les jetons s'empilaient régulièrement devant elle, et les autres joueurs, voyant qu'elle était en veine, se mirent à la suivre. L'atmosphère se tendit imperceptiblement. On attendait qu'elle ait misé pour placer ses jetons sur la même case qu'elle.

Complètement absorbée par le jeu, Gemma saisit une poignée de pièces colorées. Quel nombre allait-elle choisir cette fois-ci ? Paul qui, depuis le début de la partie, s'était contenté de la laisser suivre son inspiration se sentit soudain gagné par la tension ambiante. Sa main s'abattit sur l'épaule de Gemma, ses doigts se crispèrent et s'enfoncèrent dans sa chair. Gemma tressaillit, hésita et déposa sa mise sur un nombre noir. Le rouge sortit. Un grognement de désolation s'éleva. Elle ne fut pas plus heureuse les deux coups d'après. Son pouvoir de concentration l'avait quittée. Plusieurs de ses compagnons de jeu se mirent à lui jeter des regards courroucés, comme s'ils la tenaient pour responsable de leurs pertes.

Paul se pencha et chuchota :

— Je crois que vous avez assez joué pour ce soir. Si nous allions prendre un verre ?

Gemma se leva sans mot dire comme au sortir d'une transe. Paul ramassait les pièces de plastique.

— Personnel, annonça-t-il en faisant glisser quelques jetons dans la direction du croupier qui remercia d'un battement de paupières.

En habitué des lieux, il se dirigea d'un pas tranquille vers le comptoir et y déposa son butin. Impassible, le caissier lui tendit en échange une épaisse liasse de billets qu'il enfouit négligemment dans sa poche. Puis, un bras passé autour de la taille fine de Gemma, Paul l'entraîna vers un bar feutré où un orchestre succinct dispensait une musique douce. Sur une petite piste circulaire, quelques couples évoluaient discrètement.

— Le champagne s'impose, non ?

Lorsque les coupes furent remplies, Paul leva bien haut son verre.

— A vos remarquables débuts ! lança-t-il d'une voix vibrante.

Gemma eut un sourire timide.

— J'ai bien cru que j'allais tout reperdre.

— Oui, votre chance a tourné subitement. Je me demande pourquoi.

— Je ne sais pas.

Gemma commençait à ressentir le contrecoup de la tension nerveuse. Une grande lassitude l'envahit. Elle se laissa aller contre le dossier de son siège. Le picotement joyeux du vin réjouissait son palais. Ses paupières se fermaient malgré elle.

— Nous dansons ?

Gemma sursauta et surprit le regard attentif de son vis-à-vis posé sur elle. La fixait-il ainsi depuis longtemps ? Une cigarette qu'il ne songeait pas à fumer se consumait entre ses doigts. Les yeux dans les yeux, ils s'observèrent en silence et longuement. Le visage de Paul était impénétrable. Gemma, elle, tremblait. Rassemblant tout son courage, elle s'empara de son verre et le vida d'un trait.

— Pourquoi pas ? répondit-elle en s'efforçant d'affermir sa voix.

Il n'y avait presque personne sur le parquet circulaire. Il était tard, et puis l'endroit était trop calme pour les noctambules qui fréquentaient plus volontiers les discothèques où l'on se contorsionnait dans le bruit et la fureur. Paul enlaça étroitement sa cavalière. Gemma se raidit avant de poser une main sur son épaule. Il avait emprisonné son autre main dans la sienne. Pourquoi avait-elle eu ce mouvement de recul ? N'avait-elle pas dansé de la sorte des dizaines de fois déjà, et hier soir encore avec le jeune Kurt ? Bizarrement, avec Paul elle sentait que ce n'était pas la même chose. Elle leva les yeux vers lui et croisa son regard.

— Vous ne voulez pas savoir combien vous avez gagné ?

— Oh, fit-elle surprise. Vous avez déjà fait le calcul ?

— Oui, lorsque j'ai changé les jetons.

— Alors, risqua timidement Gemma. Il s'agit d'une grosse somme ?

— Trois mille, environ.

Gemma eut un haut-le-corps.

— Trois mille francs ?

Elle avait l'air terrorisé.

— Non, corrigea son cavalier. Trois mille livres.

Un sourire étrange étira son visage et il lança à Gemma un coup d'œil aigu. Les jambes molles, celle-ci trébucha. Une poigne de fer la retint, l'empêcha de s'affaler sur le parquet.

— Mais... c'est considérable, gémit-elle plaintivement.

— Oui ! et cet argent est à vous. Rien qu'à vous.

Tout contre son oreille, la voix de Paul avait pris des inflexions caressantes. Trois mille livres ! Les chiffres magiques dansaient une sarabande endiablée devant les yeux de Gemma. Jamais elle n'avait possédé autant d'argent. L'air pensif de Paul la ramena à la réalité.

— A moi ? articula-t-elle avec peine. Je ne comprends pas. Nous avions décidé de faire don de nos gains à une œuvre charitable.

— Charité bien ordonnée commence par soi-même, énonça doucement le tentateur.

— Vous... vous voulez le garder ? lâcha Gemma sèchement.

— Mais non. Puisqu'il vous appartient. Je suis sûr que vous saurez en faire bon usage, pour prolonger votre séjour à Zermatt ou vous offrir un nouveau manteau de fourrure, par exemple.

D'un mouvement brusque, Gemma se dégagea.

— Pour qui me prenez-vous ? Si vous vous imaginez que je vais revenir sur ma décision, vous vous trompez.

Les narines dilatées de fureur, elle le toisa. Une colère sourde grondait en elle.

— Dans ce cas, tout est clair. Inutile de nous quereller.

Il grimaça un sourire et l'attira de nouveau contre lui. Indignée, Gemma luttait sourdement pour s'arracher aux bras musclés qui la retenaient prisonnière. Aussi fut-ce avec une expression de total ébahissement qu'elle l'entendit murmurer :

— Puis-je vous revoir demain ?

Il n'y avait pas la moindre trace d'ironie sur le visage hâlé.

— Bonne idée, grinça-t-elle. Pour retourner jouer à la roulette ?

— Non. A moins que vous n'y teniez absolument, rétorqua-t-il placidement.

— Je n'y tiens pas.

— Fort bien. Que diriez-vous d'une promenade en Italie ?

— Mais... s'étonna Gemma. C'est loin.

— Non ; on prend un téléphérique jusqu'à Furggsattel et de là on descend à skis sur le versant italien.

— Quelle bonne idée ! Ça me tente beaucoup.

— Eh bien, c'est décidé. Je passerai vous prendre

demain matin à neuf heures et demie. N'oubliez pas votre passeport.

— Oh, balbutia Gemma prise de court. J'ai dit que cela me tentait, je n'ai pas dit que j'acceptais.

A la perspective de passer une journée entière en compagnie de Paul Vérignac, elle se sentait prise de crainte.

— Il ne vous reste donc plus qu'à me donner votre adresse.

— Cela vous ferait faire un détour inutile.

— C'est sans importance.

— Non, se récria vivement Gemma. Il vaut mieux que nous nous retrouvions sur la grand-place à dix heures.

Paul haussa discrètement les épaules.

— Comme vous voudrez. Rendez-vous sur la place puisque vous insistez.

L'orchestre attaqua un slow langoureux. On tamisa les lumières. Des spots de couleur trouaient doucement la pénombre. Paul l'enlaça plus étroitement et son corps athlétique se pressa contre celui de sa partenaire. Le faisceau lumineux d'un petit projecteur s'attarda un instant sur les pommettes saillantes et le menton volontaire. La haute silhouette se pencha. Une bouche ferme descendit vers celle de Gemma qui reçut et rendit le baiser. Quelques secondes passèrent et la lumière revint.

Gemma reprit brutalement conscience de l'endroit où elle se trouvait, elle se raidit et tenta de détourner la tête. A force de contorsions, elle y parvint enfin.

— Comment osez-vous ! siffla-t-elle très distinctement entre ses dents serrées. Lâchez-moi immédiatement.

— Qu'y a-t-il ? s'enquit une voix ironique. Vous n'aimez pas qu'on vous embrasse ?

— En public ? Non ! Allez-vous me lâcher, oui ou non.

— Je ne demanderais pas mieux, rétorqua-t-il

glacial. Mais votre maudite broche s'est prise dans la poche de ma veste.

— Oh! se lamenta Gemma en louchant vers l'objet incriminé.

De fait, la queue du scorpion avait proprement accroché le tissu du smoking à l'endroit indiqué. Gemma inclina le buste en arrière mais ne réussit pas à se dégager.

— Défaites-la, suggéra Paul.

Rouge de honte autant que de colère, Gemma entreprit de suivre ce conseil judicieux.

— Je n'y arrive pas, gémit-elle d'une voix sourde. Le système de sécurité est coincé.

Ses bras retombèrent le long de son corps avec découragement.

— Pourquoi n'essayez-vous pas à votre tour?

— Comme vous voudrez, chuchota Paul d'un ton dangereusement uni.

Juste au moment où les mains de Paul atteignaient le fermoir récalcitrant, l'orchestre s'arrêta et des regards ébahis convergèrent vers eux.

La panique s'empara de Gemma.

— Nous ne pouvons pas rester plantés là, geignit-elle plaintivement.

— Rapprochez-vous, ordonna Paul. Maintenant, étreignons-nous passionnément. J'ai dit « passionnément » souligna-t-il avec impatience.

Corps contre corps, ils entamèrent une progression furtive vers la porte qu'ils réussirent à franchir sans encombre. Cloués par la stupeur, les clients qui attendaient l'ascenseur fixaient d'un œil rond les évolutions de ce couple insolite.

— Nous y sommes presque, murmura Paul d'une voix bizarrement étouffée.

Gemma leva le nez vers son co-équipier et le gratifia d'un regard acéré. Paul se mordait la lèvre et ses joues se creusaient. C'était trop fort! Il pouffait en silence.

— Vous trouvez ça drôle ! lança Gemma, ulcérée.

Il ne lui répondit pas. Dans un ultime sursaut, ils négocièrent un virage délicat, obliquèrent vers la droite et s'engouffrèrent dans une petite salle de jeu miséricordieusement déserte. Et là, Paul éclata enfin d'un rire énorme, homérique.

— Arrêtez de vous esclaffer ainsi ! Enlevez votre veste. Je vais essayer de dégrafer cette broche.

Toujours hilare, il s'exécuta et Gemma s'attaqua au fermoir avec une énergie décuplée.

— Je n'y arrive pas, gémit-elle découragée. Il va falloir l'arracher.

— Comme j'ai besoin de ma veste pour rentrer, je ne vois qu'une solution.

Plongeant dans la poche de son pantalon, il en extirpa un canif et l'ouvrit. La lame fut brandie au-dessus de la tête de Gemma. Oh non, songea celle-ci horrifiée. Le visage défait de Lisa contemplant le vêtement lacéré lui apparut soudain.

— Arrêtez ! hurla-t-elle d'une voix suraiguë. Je vous interdis de taillader cette robe.

— Calmez-vous. Je n'en ai pas l'intention.

Sur ce, il entreprit de découdre sa poche et remit froidement à Gemma l'étoffe et le scorpion. Elle coula dans sa direction un regard penaud.

— Merci. Votre veste est inutilisable, maintenant...

— Pas forcément. Une poche se remplace facilement.

— Tant mieux. Parce que je n'ai pas l'intention de vous proposer un quelconque dédommagement financier cette fois. Je considère que vous êtes seul responsable de cet incident grotesque.

— Parce que je vous ai embrassée en public. Ne me dites pas que vous vous souciez du qu'en dira-t-on.

Gemma rougit.

— Mais, c'est ridicule ! insista-t-il.

— Pour vous peut-être, lâcha Gemma en se diri-
geant d'un pas digne vers la porte.

Paul l'intercepta au passage.

— Où allez-vous ?

— Cette question ! Je rentre.

— Vous ne voulez pas venir prendre un dernier
verre chez moi ?

— Non, merci.

Gemma se dégagea prestement et gagna le hall en
courant. Il la rejoignit alors qu'elle réclamait son
manteau au vestiaire.

— Etes-vous sûre de ne rien avoir oublié ?

Un sourire ironique aux lèvres, il lui tendait
l'épaisse liasse de billets. Gemma hésita et s'en saisit.
Elle détacha une petite coupure et annonça :

— Voilà qui paiera mon retour.

Puis, le buste raide, elle s'approcha de la réception. Sur le comptoir se dressait un tronc. En lettres
rouges sur fond blanc, on pouvait lire : « Pour nos
orphelins ». Le réceptionniste faillit s'étrangler lorsqu'il la vit enfourner les billets dans la fente prévue à
cet effet.

— Bonne nuit, monsieur Vérignac, jeta-t-elle d'un
ton uni. Et merci pour cette très instructive soirée.

Tournant les talons, elle franchit la porte et monta
dans un traîneau. Paul se précipita, l'air sidéré.

— Je n'aurais jamais cru que vous tiendriez
parole.

Il marqua une pause et reprit :

— A demain, dix heures, sur la place ?

— Je n'y serai pas.

Il s'empara de la main fine et en baisa longuement
la paume tiède avant de la rendre à sa propriétaire.
Une lueur familière s'alluma au fond de ses prunelles.

— Mais si, assura-t-il avec un cynisme tranquille.

5

Les doigts crispés sur son réticule, Gemma était assise, très droite, sur son siège. Elle s'obligea à se détendre et chercha contre son dos l'appui du dossier. Une petite veine battait follement sur sa tempe, trahissant la colère qui grondait encore en elle. Comment avait-il pu la méjuger ainsi ? Il avait osé la soupçonner de cupidité, douter de sa parole, il l'avait embrassée sans vergogne en public. Bouillante d'indignation, elle ne sentait pas la morsure incisive du froid. Le traîneau l'emportait d'un petit trot guilleret à travers les rues désertes et blêmes sous la lune incertaine. Gemma extirpa de son sac du soir le carré de tissu, tira sèchement et décrocha enfin la broche infernale. Son courroux tomba. Le comique de la situation lui apparut soudain. Un sourire s'ébaucha sur ses lèvres.

Il mourut aussitôt, chassé par un froncement de sourcils. C'était ce baiser qui lui avait troublé l'esprit et lui avait fait perdre son sens de l'humour. Et pourtant ce n'était pas le premier. Ne l'avait-on pas embrassée des dizaines de fois déjà en public, dans la pénombre propice d'une boîte de nuit, voire en plein jour ? Alors pourquoi avait-elle réagi aussi violemment ? Pourquoi avait-elle essayé de se soustraire à l'étreinte de Paul ? Pourquoi son geste l'avait-elle révoltée à ce point ?

Il ne lui fallut pas longtemps pour trouver la réponse à cette question. Paul l'avait embrassée comme jamais elle ne l'avait été. Fort de son expérience de séducteur aux conquêtes innombrables, il lui avait administré cette caresse avec une science redoutable. Sous sa bouche exigeante, celle de Gemma avait frémi, impatiente de se rendre. Enveloppée dans ses bras puissants, elle avait senti ses forces fondre. Rétrospectivement, elle rougit de honte. Que représentait-elle pour ce don Juan blasé? Un nom sur une liste déjà longue? Une proie que l'on abandonnait aussitôt forcée? D'un geste malhabile, elle s'essuya la bouche comme pour effacer ce souvenir brûlant.

... On l'attendait de pied ferme au chalet. Toutes les lumières étaient allumées.

— Inutile de me bombarder de questions maintenant, déclara fermement Gemma. Je monte d'abord me changer.

Lisa, qui était la plus observatrice des trois, remarqua les traits tirés de l'arrivante. Sans un mot, elle l'accompagna, tourna en grand les robinets de la baignoire et l'aida à se déshabiller. Toujours sans un mot, elle s'éclipsa pendant que Gemma se démaquillait. Nue, privée de ses fards, on eût dit une toute jeune adolescente frêle et infiniment vulnérable. Les autres l'attendaient, dévorées d'impatience. Mais elle n'arrivait pas à se hâter. Ses gestes étaient inefficaces, floconneux. L'eau tiède détendait ses muscles fatigués. Le parfum acidulé des sels de bain lui chatouillait agréablement les narines. Dans un élan de prodigalité inhabituel, elle avait vidé le flacon. Aucune importance, songea-t-elle languissamment. Demain elle en achèterait un autre. Demain? Elle tressaillit. Non, car Paul l'attendrait sur la place et s'il ne la voyait pas arriver il se lancerait à sa recherche. Ses doigts se refermèrent sur l'éponge d'un geste convulsif. Elle s'extirpa de la baignoire et se sécha rapidement. Même absent, Paul Vérignac trouvait encore le moyen de s'imposer à elle.

— Alors ? questionna avidement Angie lorsqu'elle descendit, emmitouflée dans sa robe de chambre de laine. Raconte ! Tu l'as rencontré ?

— Oui, répondit simplement Gemma.

On lui tendit une tasse de cacao fumant qu'elle accepta avec reconnaissance. Ramenant frileusement ses pieds sous elle, elle se pelotonna dans le vieux fauteuil de cuir près du feu.

— Il est aussi séduisant au naturel qu'en photo ? s'enquit Joy toute frétillante de curiosité.

Gemma marqua une pause et le verdict tomba :

— Infiniment plus. C'est un charmeur — quand il veut s'en donner la peine, ajouta-t-elle avec une pointe de sécheresse.

— Il a testé sur toi son pouvoir de séduction ?

Trois paires d'yeux tenaient la narratrice en joue.

— Oui et non, concéda mystérieusement Gemma.

— Commence par le commencement, ordonna la méthodique Angie. Qu'as-tu fait exactement pour qu'il te remarque ?

— Rien, rétorqua platement l'héroïne. Il s'est avancé vers moi et a engagé la conversation.

Après tout, songeait amèrement Gemma, c'était une description presque fidèle des événements.

— Il m'a invitée à dîner puis il m'a emmenée au casino et nous avons joué à la roulette.

On la fixait d'un air hébété.

— A t'entendre, murmura Joy, le souffle court, on dirait que tu as passé ta vie dans les tripots. Tu nous racontes cela sur un ton tellement placide.

— Oh ! protesta Gemma. « Tripot » n'est pas vraiment le mot qui s'applique à un établissement aussi respectable, guindé et ennuyeux. Et jouer n'a rien d'excitant. On est assis en rond autour d'une table, on mise sur des nombres et ces nombres sortent ou ne sortent pas.

— Avec quel argent as-tu joué ? questionna judicieusement Angie.

— Avec l'argent de Paul Vérignac.

— Tu as gagné une grosse somme ?

Gemma promena un regard pensif autour d'elle, bien décidée à ménager ses effets. Articulant avec emphase, elle lança devant son auditoire haletant :

— Trois mille livres.

Joy laissa échapper un cri étouffé.

— Une fortune ! Vous avez partagé ? Combien t'a-t-il donné ?

— Tout, rétorqua Gemma dont les mâchoires se contractèrent au souvenir de la pénible scène.

— Quoi ! rugit Angie. Il t'a fait cadeau de trois mille livres ?

Sous le coup de l'émotion, sa voix dérapa.

— Mais alors... nous sommes riches ! hurla-t-elle en jetant son carnet qui atterrit sur le parquet avec un bruit flasque.

— Où sont les billets ? demanda doucement Lisa.

Gemma baissa le nez et se plongea dans la contemplation de sa tasse.

— Je ne les ai plus. J'en ai fait don à une œuvre de charité.

Un silence consterné accueillit cette déclaration.

— Tu as... tout... donné ? risqua Joy d'une voix altérée. Tu n'as rien... gardé ?

— Juste un peu de monnaie pour payer le traîneau qui m'a ramenée.

— Pourquoi ? interrogea Lisa.

Redressant le menton, Gemma fixa longuement ses amies.

— Parce que je suis contre les jeux de hasard.

— Il y a une autre raison, n'est-ce pas ? s'obtina Lisa.

— Oui, reconnut Gemma.

Et d'une voix vibrante de défi, elle ajouta :

— C'est... c'est à cause de lui. Nous étions convenus que mes gains éventuels seraient versés à une œuvre de charité. Devant l'importance de la somme, il a cru que je reviendrais sur ma décision. Cela m'a mise hors de moi. Et puis il...

Elle s'interrompit net.

— Continue, implora Angie.

Gemma avala son chocolat d'un trait, reposa sa tasse par terre.

— Nous étions en train de danser. Il a commencé à se montrer entreprenant, je l'ai remis à sa place et je suis partie.

— Après avoir glissé les billets dans le tronc ?

— Oui.

Angie se tassa sur son siège, vivante image de la désolation.

— Et patratas ! Ce geste spectaculaire, c'était exactement ce qu'il fallait pour titiller sa curiosité. Mais juste après cette altercation, cela a dû tomber complètement à plat. Il ne t'invitera plus désormais.

Gemma se tut. A travers ses paupières mi-closes, elle suivait les derniers soubresauts du feu qui s'éteignait doucement.

— Gemma ! jeta sèchement Angie. Tu nous caches encore quelque chose ?

— Il m'a invitée à sortir avec lui demain. Je lui ai dit qu'il ne fallait pas y compter.

— Tu... as refusé ? Tu te rends compte de ce que tu dis ? glapit Angie outrée. Tu sais pourtant ce que cette expérience représente pour nous. Tout marchait si bien. On peut savoir ce qu'il a fait pour te mettre dans cet état ?

— Il... il m'a embrassée.

— Tu as décidé de tout abandonner parce qu'il t'a embrassée ? Mais tu es folle ! Tu es complètement folle !

— Tu ne sais pas de quoi tu parles, contre-attaqua

Gemma avec virulence. Tu ne le connais pas. Il a l'air tellement sûr de lui, tellement persuadé qu'il est irrésistible ! C'est insupportable !

— Il t'a fait des propositions précises ? coupa Lisa.

— Je ne lui en ai pas laissé le temps, lança Gemma, ulcérée. Heureusement, car avec ce genre de personnage si l'on s'avise seulement de mettre le petit doigt dans l'engrenage, tout le reste y passe, conclut-elle crûment.

Un silence gêné tomba, bientôt rompu par la tenace Angie.

— Cette sortie prévue pour demain... tu ne l'as pas catégoriquement annulée ?

— Non, fit Gemma d'une voix à peine audible.

— Parfait. Alors, elle aura lieu. Et ne viens pas me parler des manières entreprenantes de Paul Vérignac. N'oublie pas qu'à ses yeux, tu n'es qu'une proie comme une autre. Il est normal qu'il te fasse des avances. C'est dans la logique de son personnage. Tu l'as repoussé et malgré tout il insiste pour te revoir. Cela cache sûrement quelque chose. S'il renouvelle ses travaux d'approche, repousse-le de nouveau.

— Il doit être stupéfait d'avoir rencontré quelqu'un qui ait osé lui résister, murmura Joy pensivement.

— Comme il ne te connaît pas, il s'imagine peut-être que tes dérobades sont calculées, intervint finement Lisa. Lorsqu'il s'apercevra de son erreur, il te laissera tomber purement et simplement. Ou bien alors, il s'attaquera sérieusement au problème que lui pose ta reddition.

— A vous entendre, tout a l'air tellement simple, se plaignit Gemma.

— Mais... c'est simple, affirma Angie. Vous avez rendez-vous à quelle heure ?

— A dix heures.

— File te coucher et ne t'inquiète pas, Gemma.

Nous ne laisserons pas le méchant loup croquer l'inoffensive agnelle.

La mine de Gemma s'allongea lorsqu'elle se précipita à la fenêtre le lendemain matin. Même le temps était contre elle. Un soleil insolent inondait la station. Ses trois complices la harcelaient, la bousculaient, bourdonnaient fébrilement autour d'elle ; en un tournemain, elle fut fardée, coiffée, sanglée dans sa combinaison.

— Tu devras porter tes lunettes de ski, rappela Angie une fois de plus. Elles empêcheront ta perruque de tomber.

— Oui, grogna Gemma.

A tourner ainsi autour d'elle, elles allaient la rendre folle. Quand elles la quittèrent, près de la place, ses nerfs étaient tendus à craquer. Aucun signe de Paul.

Elle se laissa tomber sur un muret de pierre. Un espoir fou la transporta soudain. Il l'avait prise au mot. Il ne viendrait pas au rendez-vous. C'est alors que lui parvint un tintement de grelots.

Paul sauta à bas du traîneau et se précipita vers elle.

— Bonjour ! Vous allez bien ?

Elle le laissa s'emparer de son matériel et prit place. Elle contempla avec gêne le dos impassible du conducteur. Les renseignements que lui avaient soutirés Lisa s'étaient avérés précieux. Elle n'osait penser à ce qui se passerait si, par malheur, Paul Vérignac venait à s'apercevoir que l'homme jouait un double jeu.

Le véhicule s'ébranla, tiré par deux fringants chevaux à la robe pommelée.

— Votre geste généreux a stupéfié les foules, murmura à son oreille une voix bien timbrée. On ne parle plus que de vous à l'hôtel. Le réceptionniste voulait prévenir le secrétaire de l'association afin qu'il puisse vous remercier personnellement. J'ai eu toutes les peines du monde à l'en dissuader. J'ai eu raison, n'est-ce pas ?

— Oui, soupira Gemma avec soulagement.

La perspective d'une telle rencontre ne lui souriait que très modérément.

— Alors, s'enquit-il vivement, pas de regrets ?

— Pourquoi ? Je n'ai pas eu un seul instant l'impression que cet argent m'appartenait. Mais... nous ne prenons pas le train ? s'enquit-elle soudain pour détourner la conversation.

— Non, à cette heure-ci il est probablement bondé. Nous allons prendre un moyen de locomotion beaucoup plus rapide.

De l'index, il lui désigna un vaste bâtiment trapu sur la façade duquel on lisait en grosses lettres noires « Héliport ». Juste à ce moment-là, un appareil bariolé s'éleva bruyamment dans les airs.

— Un hélicoptère ?

Mi-amusé, mi-indulgent Paul sourit.

— Vous n'êtes jamais montée à bord d'un de ces engins ?

Gemma hocha vivement la tête en signe de dénégation. L'appréhension qu'avait fait naître la perspective de se trouver seule avec lui s'évanouit subitement. Ses yeux brillèrent comme ceux d'un enfant à qui on vient d'offrir le jouet de ses rêves.

Ils descendirent et le traîneau s'éloigna. Leurs skis sur l'épaule, Paul se dirigea vers un appareil qui s'apprêtait à décoller.

— Baissez la tête, hurla-t-il pour couvrir le vacarme du moteur.

Ils se glissèrent dans la carlingue exiguë, s'installèrent sur le siège étroit, bouclèrent leurs ceintures. Paul tapota l'épaule du pilote et au-dessus de leurs têtes les pales de l'hélicoptère, semblables aux mandibules d'un gros insecte, se mirent à faucher l'air méthodiquement.

Le décollage fut à peine perceptible, au grand soulagement de Gemma. Un peu mal à l'aise tout de même, elle se cramponnait aux accoudoirs. Rassurante, la main de Paul se posa sur la sienne. Elle tourna vivement la tête vers lui, un sourire reconnaissant aux lèvres, et serra bien fort cette main secourable. L'appareil amorça un virage et s'élança à l'assaut des cimes. Gemma eut un haut-le-corps puis s'abandonna petit à petit aux joies de ce voyage. Le nez contre la vitre, elle regardait défiler le paysage avec une joie enfantine.

— Regardez ! Le train de Ferri. Les wagons sont minuscules. On croirait les grains d'un chapelet.

Le silence de son compagnon lui fit soudain prendre conscience de sa naïveté. Lui qui était habitué à emprunter ce genre de véhicule, il devait la trouver bien sotte. Elle se tut et s'aperçut alors qu'il tenait toujours sa main entre les siennes. Elle essaya aussitôt de se libérer. Il resserra sa prise et Gemma se tourna vers lui. Il avait enlevé ses lunettes de soleil et la fixait intensément avec une expression indéfinissable. Il porta la main fine à ses lèvres et l'abandonna pour lui montrer quelque chose par la fenêtre. Ils survolaient les flancs du Matterhorn, parsemés de skieurs.

Le paysage était d'une beauté stupéfiante. Gemma retenait son souffle. Ces montagnes inspiraient un certain effroi. L'effroi que doit éprouver l'alpiniste parvenu seul au sommet lorsqu'il regarde autour de lui. L'appareil se posa bientôt sur l'aire de Trockener Steg, près d'un petit restaurant. Il ne pouvait aller plus haut à cause des risques d'avalanche. Il leur fallut quelques instants pour s'habituer à la lumière aveuglante, au froid et au silence ambiants, surprenants au sortir de l'engin bruyant mais douillet. Skis aux pieds, ils prirent le remonte-pente qui devait les emmener tout en haut.

— Vous avez déjà skié dans la poudreuse ?

La poudreuse c'était la neige sur laquelle se risquaient les pratiquants confirmés, loin des pistes balisées empruntées par le commun des mortels.

— Deux ou trois fois seulement.

— Vous voulez essayer ?

Il y avait une note de défi dans sa voix et Gemma se raidit.

— Oui, fit-elle, le menton levé.

— Parfait ! applaudit Paul. Le principe est simple. Il suffit de se laisser aller, décontracté, comme si les skis faisaient le travail tout seuls. Si c'est trop difficile, arrêtez-vous, nous prendrons par les pistes. Et surtout, pas de panique. D'accord ?

Gemma acquiesça, mit ses lunettes avec mille précautions pour ne pas déplacer sa perruque. Sanglé dans sa combinaison noire, Paul dressait sa silhouette inquiétante sur ce fond de neige immaculée.

— Ne vous inquiétez pas. Je resterai près de vous.

Prenant une profonde inspiration, Gemma orienta ses planches vers l'Italie et s'élança.

Petit à petit, elle prit confiance et bientôt elle commença à apprécier les joies de la descente. Coulant un rapide coup d'œil en direction de Paul, elle vit qu'il restait exprès à sa hauteur, prêt à parer à toute éventualité. Loin de la piste banalisée, le silence était intense, troublé seulement par le crissement des skis et le bruit de sa respiration. Gemma s'enhardit progressivement. Elle prenait des virages amples et se retournait pour admirer les courbes élégantes qu'elle dessinait sur le sol vierge. Le plaisir de la course la grisait.

Ils atteignirent un endroit où la neige n'était plus légère et aérée mais compacte et dure sur un sol bosselé. Paul dépassa Gemma et il n'avait pas trop de ses muscles puissants pour lui tailler une piste sur cette croûte glacée. La descente n'en finissait pas. Gemma commençait à avoir un peu mal aux jambes mais la griserie de la vitesse ne l'avait pas quittée.

Voyant s'ouvrir devant elle une nouvelle étendue de neige poudrée, elle se lança dans de brillantes improvisations. Jamais elle ne pourrait skier sur les pistes après avoir connu ces sensations exaltantes. Toute à cette expérience enivrante, elle éclata d'un rire joyeux.

Le rire de Paul explosa en écho. Il exécuta d'enthousiasme un saut risqué et atterrit impeccablement quelques mètres plus bas. Téméraire, Gemma l'imita au lieu de contourner la bosse qui lui avait servi de tremplin. Jambes repliées pour amortir le choc de l'arrivée, elle s'élança dans le vide. Elle heurta le sol avec un grand bruit mat. L'espace d'un instant, elle exulta, persuadée d'avoir réussi cet exploit. C'est alors que les muscles de ses mollets, trop sollicités, lâchèrent. Elle tomba à la renverse et se mit à dévaler sur le dos la pente vertigineuse. Ses skis se détachèrent automatiquement avec un claquement sec. Avec ses bâtons, elle essayait de freiner.

Derrière elle, un cri s'éleva. Elle n'avait qu'une idée : stopper sa chute à tout prix en enfonçant ses talons dans la neige. Toutes ses forces semblaient l'avoir abandonnée et sa tentative avait l'air désespérée.

Ses pieds heurtèrent soudain quelque chose de solide qu'elle percuta. Etourdie par la violence du choc, Gemma ouvrit un œil effaré. D'une main tremblante, elle chassa la neige qui obstruait ses lunettes et aperçut, planté devant elle, Paul arc-bouté sur ses bâtons. Il s'était jeté en travers de sa route pour l'empêcher de poursuivre sa trajectoire insensée.

D'une voix étrangement tendue, il dit :

— Gemma, vous n'êtes pas blessée ?

— Non, fit-elle en se tâtant les côtes. Rien de cassé.

Elle avait mal partout.

— Vous pouvez vous remettre debout ?

— Oui.

Lentement elle se redressa, vaguement étonnée qu'il reste appuyé sur ses bâtons au lieu de l'aider à se relever.

Lorsqu'il la vit debout, il se détendit un peu.

— Maintenant nous allons rebrousser chemin, tout doucement. Je suis juste derrière vous. Servez-vous de vos bâtons. Compris ?

— Oui, mais je ne vois pas pourquoi nous...

Gemma s'interrompit net, pétrifiée. Cinq mètres plus bas, il n'y avait plus rien que le vide. En lui faisant un rempart de son corps, Paul l'avait empêchée de disparaître au fond d'un précipice. Le choc que lui causa cette vision lui coupa les jambes, elle vacilla et crut qu'elle allait s'évanouir.

— Gemma !

La voix de Paul, âpre, autoritaire, lui rendit ses esprits.

— Ce n'est pas le moment de flancher. Répondez-moi !

Elle tourna vers lui un regard plein de frayeur. Un simple faux mouvement et c'était la mort pour eux deux. Elle s'arracha un pauvre sourire étriqué, hocha la tête.

— Ça va aller.

S'aidant de ses bâtons, elle commença à gravir la pente. Le trajet semblait interminable. Paul la suivait pas à pas, prêt à lui servir à nouveau de garde-fou en cas de glissade.

— Encore un petit effort. Nous y sommes presque.

Lorsqu'ils atteignirent enfin un petit carré de terrain plat, Gemma tremblait d'épuisement.

— C'est fini, murmura son compagnon. Reposez-vous maintenant.

Gemma s'affala par terre et se dépouilla de ses lunettes. Paul partit chercher ses skis et revint s'agenouiller près d'elle.

— Vous tremblez ?

Il se débarrassa de ses gants et se mit à lui frictionner les mains tout en lui parlant pour la ramener doucement à la réalité.

— J'aurais dû m'en douter, ironisa-t-il affectueusement. Une récidiviste de l'accident comme vous ne pouvait choisir de meilleur endroit pour tomber. Juste au bord d'un précipice, évidemment ! Ça va mieux ? Vous vous réchauffez un peu ?

— Oui, articula faiblement la rescapée.

Il lui massait la main droite. Gemma posa son autre main sur la sienne. Il leva vivement les yeux vers elle.

— Vous... vous m'avez sauvé la vie.

Sa diction était laborieuse.

— Si vous ne vous étiez pas interposé entre le précipice et moi...

La voix de Gemma s'étrangla.

— J'aurais pu vous entraîner dans ma chute.

Les yeux bleus plongèrent dans l'eau noire des yeux bruns.

— Comment... comment pourrais-je jamais vous remercier ?

— C'est inutile, coupa Paul faussement bourru.

Il lui tendit la main pour l'aider à se relever.

— Vous étiez sous ma responsabilité. J'aurais dû me rendre compte que vous n'étiez pas en condition physique suffisante pour entreprendre une telle course. Nous allons poursuivre tout doucement. La descente est beaucoup plus facile maintenant. Tout ira bien.

Le chapitre était clos, il tournait les talons. Gemma le retint par la manche.

— Paul, murmura-t-elle d'une drôle de petite voix, les yeux levés vers lui.

Mue par une impulsion irrésistible, elle se haussa sur la pointe des pieds.

— Merci, fit-elle dans un souffle.

Elle approcha sa joue de la sienne, son haleine tiède effleura le cou musclé. Elle s'écarta d'un bond comme étonnée de sa propre audace.

Elle ne fut pas assez rapide cependant pour empêcher les grands bras de Paul de se refermer sur elle. La tenant étroitement serrée contre lui, il pencha son visage. « Gemma, Gemma, Gemma » souffla-t-il à voix très basse en criblant sa bouche de petits baisers légers. Gemma tressaillit. Le désir s'éleva en elle, ardent comme une flamme. Leurs lèvres se prirent, se quittèrent et se joignirent encore. Paul étouffa un cri incertain ; ses doigts musclés jouaient avec les mèches blondes.

Une panique sans nom s'empara soudain de Gemma. Il allait lui arracher sa perruque qui avait miraculeusement tenu bon pendant sa chute vertigineuse ! Elle se sentait prête à tout pour que Paul ne s'aperçût pas de la supercherie.

Elle essaya de s'arracher à son étreinte, mais il la serra plus fort contre lui. A grande gorgées, il se désaltérait à l'eau fraîche de sa bouche.

— Paul ! hurla Gemma d'une voix suraiguë. Lâchez-moi !

Avec terreur, elle voyait venir l'instant fatidique où le postiche malmené s'abattrait sur le sol neigeux.

— Lâchez-moi ! reprit-elle, un ton au-dessus.

Luttant de toutes ses forces, elle réussit à le repousser. D'un petit geste affolé, elle remit prestement en place sa crinière factice.

— On peut savoir ce qui vous arrive ? rugit Paul, le visage convulsé de fureur.

Prise de court, Gemma lança gauchement :

— Je crois vous l'avoir déjà dit. Je n'apprécie pas du tout ce genre d'effusions.

— Vous mentez. Vous y avez pris autant de plaisir que moi.

Menaçant, il fit un pas vers elle.

— C'est faux. J'étais encore sous le choc. Vous en avez profité. N'avancez pas ! hurla Gemma.

Il se figea, interdit.

— Espèce de petite...

Ses maxillaires se crispèrent.

— J'ignore à quel jeu vous jouez, Gemma, mais j'aime autant vous prévenir, cela ne me plaît pas du tout. Vous pensiez que j'allais rester de marbre quand vous vous êtes jetée à mon cou ? grinça-t-il d'une voix lourde de sarcasme.

— Je... je ne joue à rien du tout, protesta faiblement Gemma. Et vous savez très bien que mon baiser était un baiser de reconnaissance.

Il la fusilla du regard avant de tourner les talons. Pendant qu'il chaussait ses skis, Gemma s'empressa d'ajuster solidement perruque et lunettes de ski. Le regard ailleurs, Paul attendit qu'elle ait terminé ses préparatifs.

— J'ouvre le chemin. Contentez-vous de me suivre. Les exploits sportifs, c'est fini pour aujourd'hui. Je serais ravi que nous arrivions en bas entiers, sifflat-il rageusement.

Prenant appui sur ses bâtons, il s'élança. Gemma jeta un regard navré dans sa direction avant de s'élancer à son tour. Etait-ce une illusion d'optique ? La neige lui semblait soudain grise et presque sale.

6

Ils atteignirent la vallée sans encombre. Au poste frontière, les douaniers apposèrent un tampon sur leurs passeports. A Cervinia, Paul l'emmena déjeuner dans un restaurant minuscule mais manifestement fréquenté par des gourmets. Dans un silence relatif, ils mangèrent des plats succulents. Ce n'était pas que Paul l'ignorât. Gemma eût cent fois préféré cela. Mais il la traitait avec la politesse excessive dont on use envers quelqu'un dont la présence vous importune. La conversation roula mollement sur les souvenirs de voyage de Paul qui évoquaient des pays exotiques que Gemma ne connaissait pas.

D'abord blessée, puis humiliée par son attitude, Gemma sentit bientôt la colère l'envahir.

A la fin du repas, Paul décréta qu'elle n'était pas en état de rentrer à Zermatt à skis et décida qu'il valait mieux prendre un traîneau pour effectuer le voyage du retour.

Gemma aurait volontiers flâné dans les rues de la petite ville, mais elle se rangea sans mot dire à sa proposition. Presque au pas de course, ils se dirigèrent vers la file de véhicules en stationnement et grimpèrent dans un traîneau. Paul s'assit en face d'elle. Extrayant son étui de sa poche, il lui offrit une cigarette.

— Non, merci, murmura Gemma. Je ne fume pas.

Paul se servit et se cala confortablement contre le dossier de la banquette. A travers ses paupières mi-closes, il lui décocha un regard insolent, puis détourna ostensiblement les yeux en étouffant un bâillement. Gemma garda le silence. Sous la couverture de fourrure, ses poings étaient crispés ; elle bouillait d'indignation. Peut-être l'avait-elle ulcéré en le repoussant aussi brutalement. Mais elle n'avait pas eu le choix. Qui sait ce qui se serait passé s'il avait découvert... son postiche et sa supercherie. Que devait-il penser ? Qu'elle avait, une fois de plus, repoussé ses avances ? Cela n'expliquait tout de même pas la violence de sa réaction. Il se comportait comme un enfant à qui on aurait refusé une friandise. Un homme aussi séduisant ne devait pas avoir l'habitude d'essuyer des rebuffades. Mais ce n'était pas une raison pour agir de la sorte. Après tout, elle était bien libre de se soustraire à ses avances.

Lorsqu'il eut terminé sa cigarette, Paul jeta négligemment son mégot et se mit à lui faire la conversation, consciencieusement et patiemment, en oncle attentionné qui promène une nièce obtuse.

Arrivée à la hauteur du carrefour où l'on prenait à droite pour rejoindre Zermatt, Gemma éclata.

— Inutile de vous donner tout ce mal !

Son vis-à-vis haussa un sourcil interrogateur.

— Pardon ?

— Cessez cette comédie, répéta Gemma avec violence. Ne vous croyez pas obligé de me distraire plus longtemps.

Rejetant violemment les couvertures dans lesquelles elle était emmitouflée, elle ordonna au conducteur de s'arrêter.

— Où allez-vous ? s'écria Paul furieux. Nous avons encore au moins trois kilomètres à faire avant d'arriver à la station.

— J'aime mieux faire trois kilomètres à pied

plutôt que de rester une minute de plus en votre compagnie. Si vous voulez bouder, boudez seul !

La mâchoire de Paul se crispa.

— Qui vous dit que je boude ?

— C'est bizarre. Il me semblait pourtant, ironisa Gemma.

Le traîneau avait ralenti, elle sauta à terre et empoigna son matériel d'un geste décidé. Paul la rejoignit, l'attrapa vivement par le bras et la fit pivoter vers lui. Ses yeux lançaient des flammes. Le conducteur observait la scène avec un intérêt visible.

— Je vous ramènerai à bon port, que cela vous plaise ou non. Remontez immédiatement.

— Non ! hurla Gemma. Il n'est pas question que je vous accompagne plus avant. Pour commencer, je n'aurais jamais dû accepter de vous suivre.

— Pourquoi l'avoir fait si cela vous déplaisait ?

— Parce que…

Gemma se mordit la langue et s'interrompit net. Ils échangèrent des regards hargneux sous l'œil de plus en plus fasciné du conducteur. Elle tourna les talons et tendit le bras vers ses skis.

— Vous n'avez pas compris ? jeta Paul exaspéré. J'ai dit que je vous ramènerais et je vais vous ramener.

— Et moi, glapit Gemma avec rage, je veux rentrer seule. Votre compagnie m'est insupportable !

— Oh… persifla-t-il lourdement. Vous avez été assez explicite sur ce sujet, si je me souviens bien.

Le goujat ! Il faisait allusion à ce qui s'était passé dans la montagne.

Les yeux étincelants de colère, Gemma leva la main pour le gifler, il esquiva prestement et lui immobilisa le poignet. La dévisageant avec une rage froide, il siffla :

— Avec des furies dans votre genre, il n'y a pas trente-six solutions.

Il l'enleva comme une plume et la jeta sans

ménagement sur la banquette. Assis près d'elle cette fois, il la maintenait fermement.

— En route ! jeta-t-il au chauffeur d'un ton rogue. Et cessez de sourire bêtement comme cela.

Les traits du montagnard se figèrent aussi subitement qu'ils s'étaient épanouis. Il fit claquer son fouet et lança ses chevaux au galop. Gemma se tortillait en tous sens, mais, autour de sa taille, la prise de Paul ne se relâchait pas. Devant l'inutilité de ses efforts, elle renonça et lui jeta un regard dénué d'aménité.

— Je méprise ces hommes qui n'ont d'autre argument pour s'imposer que l'épaisseur de leurs muscles ! lâcha-t-elle d'un ton mordant.

— Et moi, rétorqua-t-il avec une hargne égale, j'ai horreur de ces jeunes filles qui s'imaginent que leur sexe leur donne le droit d'agir de façon aussi irrationnelle que stupide.

— C'est sûrement votre charme incomparable qui les pousse à agir ainsi, jeta Gemma.

— Mon charme ne vous plaît pas ?

Un sourire étira les traits de Gemma. Il n'avait pas apprécié sa remarque ironique.

— Je lui trouve quelque chose de... mécanique, fit-elle d'un ton léger. Pour être tout à fait franche, il me fait penser à l'électricité qu'on allume ou éteint à volonté en appuyant sur un bouton. Quelqu'un de réellement « charmant » ne l'est pas seulement par intermittence. Il l'est tout le temps et avec tout le monde, même si les réactions qu'il suscite ne sont pas celles qu'il souhaitait provoquer. Je crois que ce quelqu'un serait suffisamment mûr, pour ne pas se laisser influencer par les éventuelles manifestations de rejet qu'il déclencherait.

Autour de sa taille, la pression du bras de Paul s'accentua.

— Ainsi vous vous figurez que je ne suis pas assez... mûr pour vous ?

Ses yeux s'étrécirent. Une lueur dangereuse s'alluma dans ses prunelles.

Feignant de ne pas avoir aperçu ce signal, Gemma poursuivit sur sa lancée.

— C'est exact. Je vous trouve arrogant, vaniteux...

Les doigts de Paul se refermèrent comme des serres sur le cou gracile. Les yeux dans les yeux, il souffla :

— Je crois que je vais prendre grand plaisir à vous démontrer le contraire.

Gemma cligna des paupières avec un certain affolement. Il était manifeste qu'elle ne contrôlait plus le cours de la conversation.

— Espèce de... ! Arrêtez ce traîneau et laissez-moi descendre. Vous m'entendez ? Chauffeur ! Stoppez tout de suite ! Je veux descendre.

Pour toute réponse l'interpellé se raidit sur son siège et Paul éclata d'un mauvais rire.

— Inutile de vous égosiller ! Il sait qu'il n'aura pas de pourboire s'il fait halte à nouveau.

Il jeta un regard perplexe à sa voisine.

— Pourquoi faut-il toujours que vous m'agressiez ? demanda-t-il abruptement. Vous êtes comme cela avec tous les hommes ou suis-je le seul à bénéficier de ce traitement de faveur ?

— Cela ne vous regarde pas.

— Vraiment ? Je suis persuadé du contraire.

Il lui saisit le menton entre le pouce et l'index et l'obligea à tourner la tête vers lui.

— Voyons, Gemma, dites-moi. Auriez-vous peur de moi par hasard ?

— Certainement pas, se rebiffa Gemma. Mais vous savez que je n'aime pas être... manipulée, ajouta-t-elle en espérant que ce terme anodin serait suffisamment explicite.

— C'est étrange, j'aurais pourtant juré le contraire, tout à l'heure. Je ne comprends vraiment

100

pas pourquoi vous m'avez repoussé si brutalement. Vous ne pensiez tout de même pas que j'allais vous faire subir les derniers outrages, en pleine nature et par ce froid.

Les joues de Gemma s'empourprèrent de nouveau.

— Si nous parlions d'autre chose ? Je vais finir par croire que vous êtes un de ces obsédés… lâcha-t-elle, cinglante.

Les yeux de Paul virèrent au noir absolu. Mais avant qu'il ait pu répliquer, le traîneau s'arrêtait au beau milieu de la place. Avec un soupir de soulagement, Gemma bouscula son voisin et bondit. Paul ne tenta rien pour la retenir. Son matériel sur l'épaule, elle s'éloigna d'un pas vif. Le claquement du fouet retentit derrière elle. Tête baissée, elle se frayait un chemin dans la foule, dense à cette heure. Elle obliqua bientôt dans une rue plus paisible. C'était celle qui menait au chalet Domino. La neige étouffait le bruit de ses pas, aussi sursauta-t-elle violemment lorsqu'elle s'entendit apostropher par une voix qu'elle ne connaissait que trop bien.

— Vos lunettes, observa son antagoniste en les lui tendant.

— Oh ! balbutia Gemma, saisie. Merci.

Elle avança machinalement le bras pour les prendre. Il retint sa main entre les siennes.

— Petite furie ! Je voudrais bien savoir pourquoi vous me mettez toujours hors de moi.

Gemma baissa le nez.

Il la contemplait avec insistance.

— Vous avez pleuré ?

Le ton était âpre, presque accusateur.

— Moi ? Et pourquoi donc ? Vous ne pensez pas que je vais tremper mon mouchoir à cause d'un individu de votre espèce, protesta Gemma, consciente que l'attaque était la meilleure forme de défense.

— Mon Dieu ! soupira Paul d'un ton excédé. Faites que je reste calme.

Les dents serrées, il siffla :

— Acceptez-vous de sortir avec moi demain, oui ou non ?

Gemma lui rendit son regard courroucé.

— Oui, s'exclama-t-elle l'air accablé. Bien que vous ne le méritiez pas. Après ce qui s'est passé aujourd'hui...

Le rire de Paul fusa et amena un sourire hésitant sur les lèvres fraîches.

— Alors, c'est la trêve ? On ne se dispute plus ?

Gemma lui lança un coup d'œil entendu.

— Si vous me promettez de ne plus me donner de motifs de dispute, c'est d'accord.

Le front de Paul se rembrunit légèrement.

— Nous pourrions nous contenter de disputes... amicales ?

Ils éclatèrent de rire tous deux et Paul lui passa un bras autour de la taille.

— Je vous raccompagne.

— Non ! s'écria vivement Gemma. Ce n'est pas la peine.

Posant ses mains sur les épaules fragiles, Paul planta son regard dans celui de sa compagne.

— Gemma, fit-il d'une voix sourde. Etes-vous mariée ?

Les yeux bleus s'écarquillèrent de stupeur.

— Seigneur Dieu, non ! Pourquoi ?

— Peut-être êtes-vous fiancée alors, ou sur le point de l'être ?

— Non. Il n'y a pas d'homme dans ma vie. Pourquoi toutes ces questions ?

— Votre répugnance à me laisser vous raccompagner chez vous, expliqua-t-il avec un haussement d'épaules.

— Je vous assure que vous faites erreur. Je suis à Zermatt avec des amies. Nous nous connaissons depuis très longtemps et je ne voudrais pas qu'elles me harcèlent de questions à votre sujet. Ce qui ne manquerait pas de se produire si elles me voyaient en votre compagnie.

— Vous ne voulez pas leur... parler de moi ?

— Non.

Sans la moindre trace d'ironie, il ajouta :

— Eh bien, Gemma, faites comme vous l'entendrez. Retrouvons-nous sur la place demain. Inutile d'apporter vos skis cette fois.

La haute silhouette s'inclina et un baiser léger fut déposé sur le dos de la main gantée. Les yeux noirs croisèrent une dernière fois les yeux bleus, et Paul s'éloigna.

La semaine qui suivit s'écoula comme un rêve. Gemma voyait Paul tous les jours. Ils se rendirent un matin à l'école de delta-plane qui venait de s'ouvrir non loin de la station. Gemma suivit d'un œil brillant les évolutions de Paul qui pilotait d'une main experte l'appareil aux couleurs chatoyantes. Jouant habilement avec les courants, il atterrit doucement à ses pieds.

— C'est merveilleux ! s'écria Gemma avec un enthousiasme d'enfant.

— Vous voulez essayer ? proposa Paul. Je vais vous apprendre.

— Mais je vais avoir besoin de beaucoup de leçons, objecta Gemma.

— Raison de plus pour commencer dès maintenant !

A la fin de la journée, Gemma avait effectué un timide premier vol.

— Vous êtes douée, observa fièrement Paul. Dans un mois, vous serez une vraie championne.

Dans un mois... songea Gemma. Elle serait rentrée à Oxford et, penchée sur ses livres de cours, elle préparerait ses examens de fin d'année. Elle chassa cette pensée de son esprit. Elle ne voulait pas songer au retour, elle s'amusait trop en compagnie de Paul. Jamais elle n'avait rencontré un homme comme lui. Son aisance était étonnante, on eût dit que le monde lui appartenait.

Ils fuyaient désormais les endroits à la mode et se réfugiaient dans de petits restaurants où la cuisine était soignée et les lumières tamisées. Ensuite, ils allaient danser jusqu'aux premières lueurs de l'aube. Ils retournèrent au Casino, où Gemma constata avec surprise que sa chance au jeu l'avait abandonnée. Onze fois de suite elle perdit. Paul prit sa place et, contre toute attente, gagna.

Ils avaient de longues conversations, pourtant Gemma avait l'impression que Paul évitait soigneusement les questions personnelles. Il parlait volontiers musique ou littérature mais ne disait pratiquement rien de sa vie passée ou de ses affaires. Par recoupements, Gemma apprit qu'il était né en Provence et que ses parents s'étaient séparés alors qu'il était tout jeune. L'empire industriel de son père avait été organisé de telle façon qu'il lui suffisait de donner quelques signatures à un fondé de pouvoir pour que tout tourne harmonieusement et efficacement.

Gemma n'était pas trop loquace elle non plus. Si elle parlait volontiers de sa famille installée dans le Nord de l'Angleterre, elle se refermait en revanche dès qu'on abordait un passé plus récent. Ces mystères étonnaient peut-être Paul mais il n'en montrait rien. Il semblait respecter ses réticences tout comme elle respectait les siennes. Lorsqu'au détour d'une conversation, elle laissait échapper une remarque trahissant des connaissances qu'il ne lui soupçonnait pas, Paul lui jetait un regard troublé. Quel ne fut pas son étonnement, par exemple, lorsqu'il découvrit qu'elle parlait couramment le français.

Son comportement était irréprochable. Il s'en tenait strictement aux baisers qu'elle lui accordait ou se laissait voler. Jamais il n'essayait de la retenir contre son gré lorsqu'elle s'arrachait, le feu aux joues, à son étreinte. Il promenait sur elle un regard mi-amusé, mi-moqueur et la regardait sans un mot remettre de l'ordre dans sa coiffure.

Le déguisement de Gemma lui était devenu une seconde nature. Ce dédoublement de personnalité ne la troublait plus. Elle passait d'un costume à l'autre avec une aisance dont elle ne se fut jamais crue capable.

Angie et Lisa avaient rencontré, au cours de leurs randonnées, deux skieurs britanniques qui s'entraînaient pour les prochains jeux olympiques avec l'espoir d'être sélectionnés dans l'équipe nationale.

De son côté, Joy fréquentait assidûment l'école de ski et son moniteur. Aussi, chacune sortait-elle de son côté sans plus se préoccuper des autres. Seule Angie continuait à noter dans son carnet les détails du déroulement de l'expérience.

Un jour cependant, elle convoqua les autres pour faire le point.

— Ça ne peut pas continuer comme cela, déclara-t-elle en entrant aussitôt dans le vif du sujet. Vous semblez avoir perdu de vue la raison essentielle de notre présence ici.

— Nous ne sommes pas les seules, lança Joy d'un ton pincé.

— Votre désertion m'y a obligée, rétorqua superbement Angie. Mais il ne s'agit pas de cela, enchaîna-t-elle vivement devant le sourire ironique de Joy. Il ne nous reste plus que deux semaines de vacances et Paul Vérignac ne s'est toujours pas déclaré.

— Nous ne sortons ensemble que depuis une quinzaine de jours, protesta Gemma. N'oublie pas que nous avons affaire à un célibataire endurci. Il ne va pas revenir sur ses positions aussi rapidement.

— En effet, concéda Angie magnanime. C'est pourquoi il va falloir adopter une stratégie plus...

offensive pour le pousser à te demander en mariage. Pourquoi ne pas essayer de provoquer sa jalousie, par exemple ?

— Non ! s'exclama violemment Gemma.

— Pourquoi pas ? questionna Lisa interdite.

— Cela ne marcherait pas, observa Gemma. Jamais Paul ne se laissera prendre à une ruse aussi grossière. Tel que je le connais, loin de le retenir, cette stratégie ne pourrait que le faire fuir.

— Bon, admit platement Angie. Trouvons autre chose dans ce cas.

— Oui, mais quoi ?

— Pourquoi Gemma ne le préviendrait-elle pas de la relative imminence de son départ ? proposa mollement Joy.

— Je ne pense pas que ce soit une bonne idée, objecta Angie. Il serait capable de la suivre en Angleterre. Ce qu'il nous faut c'est un moyen de l'obliger à se déclarer ici même en Suisse.

Un silence tomba sur la petite assemblée.

— Vous ne croyez pas que ce serait à Gemma de provoquer le choc salutaire qui pousserait Paul à la demander en mariage ? remarqua finalement Lisa.

Dans la pièce, la tension soudain s'installa.

— Il me semble que Paul a besoin d'être... stimulé. Jusqu'à maintenant, Gemma n'a été pour lui qu'une gentille jeune fille dont il a eu tout loisir d'apprécier la compagnie agréable et sans problème. Je crois qu'il est temps de lui montrer Gemma sous un autre angle. En femme radieuse et sûre de son charme, par exemple.

— Vous me voyez en séductrice en train de minauder ? protesta Gemma. C'est ridicule !

— La séduction, c'est comme tout, observa sentencieusement Lisa. Ça s'apprend.

— Et c'est toi qui te charges de l'éducation de Gemma ? fit Joy, les yeux ronds. Tu te vois en professeur de séduction ?

— Je manque un peu de pratique, reconnut modestement Lisa. Mais mes connaissances théoriques dans ce domaine sont loin d'être négligeables.

— Tu crois pouvoir les transmettre à Gemma ?

— Rien de plus simple, assura tranquillement Lisa. D'ailleurs, nous allons nous y mettre tout de suite.

Et, devant un parterre subjugué, Lisa commença à donner à Gemma des leçons de charme. On commença par la démarche.

— Non, pas comme cela. Tu n'es pas un grenadier. Regarde-moi.

Joignant le geste à la parole, Lisa effectua un tour complet de la pièce.

— Le buste légèrement incliné en arrière, tu ondules discrètement des hanches. Pas tant ! Je ne te demande pas de mimer la danse du ventre. Un léger balancement suffit. C'est mieux ! s'écria soudain le professeur. Beaucoup mieux. Passons à la deuxième leçon. Les gestes, maintenant.

Gemma prit docilement le verre que lui tendait Lisa.

— Quand il te parlera, passe négligemment le bout de ton index sur le rebord de ton verre en prenant un air lointain. C'est très suggestif. Quand tu boiras, bois très lentement en le couvant des yeux.

— Mais, s'indigna Gemma, tu ne penses tout de même pas que je vais m'abaisser à ces singeries. C'est... immoral !

— Essaie, s'obstina Lisa, et épargne-nous tes discours.

Gemma s'exécuta en rechignant.

— Maintenant, pense à ouvrir tout grand les yeux quand il te parlera.

— Lisa, tu oublies à qui j'ai à faire. C'est comme si tu me demandais de jouer avec le feu.

— Mais non, fit Lisa d'un ton léger, toute cette mimique doit rester très discrète.

— Tu en sais des choses, murmura Joy fascinée.

— Bien sûr, rétorqua vivement Lisa. Pourquoi crois-tu que je vais si souvent au cinéma ? Reprenons. A toi, Gemma.

Les répétitions se poursuivirent tout l'après-midi. On se plongea ensuite dans un examen approfondi du vestiaire de la communauté. Le choix se porta sur une robe qui appartenait à Angie. C'était un fourreau très ajusté avec de fines épaulettes auxquelles étaient fixés de longs pans de mousseline noire.

— Oh... gémit plaintivement Gemma lorsqu'elle se vit dans cette tenue, tu n'as pas peur que ce soit trop suggestif ?

— Mais non, trancha Lisa. Avec mon boa blanc autour du cou, ce sera parfait.

Plantée devant le miroir, Gemma examina son reflet. Elle arracha le boa de son cou et le jeta sur le dossier d'une chaise.

— C'est impossible ! lança-t-elle d'une voix ferme. Ne comptez pas sur moi. Ce que vous me demandez est trop risqué.

— Gemma, intervint précipitamment Angie. Calme-toi.

— Tu ne comprends donc pas ?

Gemma pivota sur elle-même, fit face.

— Cette comédie est suicidaire. Tu ne te figures tout de même pas que Paul Vérignac va y assister sans broncher.

— Gemma, coupa Lisa. Serais-tu prête à tenter l'expérience si tu étais sûre qu'elle ne présente aucun risque ?

— Ces manigances me paraissent inutiles. Pourquoi ne pas laisser la situation évoluer d'elle-même ? plaida Gemma avec l'énergie du désespoir.

— Parce que, comme je crois te l'avoir déjà dit, le temps presse, observa Angie d'un air excédé.

— Tu n'as pas répondu à ma question, reprit doucement Lisa.

Gemma s'humecta les lèvres.

— Oui, peut-être, marmonna-t-elle. Bien que je ne voie pas comment vous pourrez me protéger à distance.

— Vraisemblablement, il te proposera de venir prendre un dernier verre chez lui.

— C'est possible, concéda Gemma de mauvais cœur.

— Arrange-toi pour ne pas te trouver chez lui avant minuit moins le quart. A minuit juste, je téléphonerai. Lorsqu'il décrochera, je lui raconterai une fable quelconque qui te permettra de prendre congé immédiatement. Qu'en penses-tu? Tu peux bien patienter quinze petites minutes?

— Peut-être, murmura Gemma d'un air misérable.

— Je vais te prêter ma jolie montre en or.

Lisa se rua dans sa chambre et redescendit, l'objet à la main.

La gorge sèche, Gemma fit une dernière tentative.

— Je vous assure que vous avez tort de me pousser à jouer cette comédie...

— Tu as promis d'aller jusqu'au bout, coupa Angie abrupte. Ce n'est pas le moment de reculer.

— Tu as besoin d'un petit remontant.

— Le traîneau, s'exclama soudain Joy.

Ce fut l'affolement. Pendant que Lisa l'aidait à enfiler sa fourrure, Gemma s'empara machinalement du verre qu'on lui tendait et le vida d'un trait. De la vodka pure! Elle s'étrangla, toussa, reprit son souffle. Sans savoir comment, elle se retrouva assise sur la banquette, encore tout étourdie par l'alcool qui lui brûlait la gorge.

Paul l'attendait devant l'hôtel, il se précipita, s'installa à ses côtés. S'abritant sous les couvertures, il lui passa un bras autour des épaules et la serra contre lui.

— Vous sentez délicieusement bon.

Ses lèvres effleurèrent le cou menu. Gemma tressaillit et son cœur se mit à cogner contre sa poitrine. Haletante, elle demanda :

— Où m'emmenez-vous ce soir ?

— J'ai réservé une table dans un club. Vous le connaissez. C'est là que nos voitures se sont... rencontrées, remarqua-t-il plaisamment.

« Oui, songea Gemma, et nous aussi, par la même occasion. » Comme s'il devinait le cours que prenaient ses pensées, Paul resserra tendrement son étreinte. Elle tourna la tête vers lui. Les lanternes du traîneau luisaient sourdement. Gemma vit son regard posé sur elle. Une lueur étrange passa dans ses yeux qu'elle n'eut pas le temps de déchiffrer car déjà il se penchait. Elle ne put s'empêcher de répondre à son baiser.

Lorsque le véhicule les déposa à l'entrée du parking, Gemma, les jambes flageolantes, se glissa avec peine dans la Lamborghini. La course ne fut pas longue. En arrivant, Gemma se dirigea droit vers le vestiaire pour se passer un soupçon de rouge sur les lèvres. Lorsqu'il la vit ressortir, son boa négligemment jeté sur l'épaule, Paul se redressa imperceptiblement et lui décocha un regard éloquent.

— Vous êtes plus ravissante que jamais, murmura-t-il en passant son bras sous le sien en un geste possessif.

Tous les yeux des convives convergèrent vers eux lorsqu'ils traversèrent la salle de restaurant. Les joues en feu, Gemma prit soudain conscience de l'audace de sa tenue. On leur servit des apéritifs. Trop émue pour songer à mettre en pratique les leçons de Lisa, elle avala le sien d'un trait. Il fallait qu'elle empêche ses mains de trembler. Elle vit soudain Paul lever son verre et s'incliner courtoisement. Gemma se retourna et aperçut l'objet de ses civilités. C'était la jeune femme qui avait, disait-on, abandonné son mari pour lui. Celle-ci détailla Gemma et eut un léger sourire de commisération.

— Une de vos anciennes amies ? s'enquit Gemma faussement désinvolte.

— Seriez-vous jalouse ?

— Quelle idée ! se récria Gemma cramoisie.

— Ne mentez pas. Votre visage vous trahit. D'ailleurs pourquoi vous en défendre ? C'est une réaction bien normale. Et puis, j'aime que mes maîtresses soient jalouses.

— Je ne suis *pas* votre maîtresse, siffla Gemma en se dressant sur sa chaise.

— C'est vrai, remarqua-t-il en l'obligeant à se rasseoir. Pas plus que cette dame n'est une *ancienne* amie à moi.

Et il ajouta, perfide :

— Ancienne, c'est peu dire. Elle a l'air tellement ravagé... *Antique* conviendrait mieux, ne trouvez-vous pas ?

La méchanceté gratuite de la remarque bouleversa Gemma. Tous scrupules levés, elle décida que le moment était venu d'appliquer les conseils de Lisa. Paul avait dépassé les bornes de la mufflerie, il méritait une bonne leçon.

A la fin du repas, ils commandèrent des cognacs. Gemma s'appliqua à tenir son verre comme Lisa le lui avait appris. L'alcool aidant, sa prestation fut loin d'être ridicule. Paul se mit à égrener des anecdotes. Gemma le regardait avec de grands yeux et, d'un air absent, promenait sur son bras nu le bout de son index. Paul remarqua soudain ce manège, s'interrompit au milieu d'une phrase et la fixa un long moment en silence.

L'orchestre attaqua un slow et ils se levèrent. Gemma gagna la piste d'une démarche ondulante. Paul l'enlaça étroitement. Elle se raidit puis lui passa les bras autour du cou. C'était jouer avec le feu. Jamais elle ne s'y serait risquée si Lisa ne lui avait promis de voler à son secours. L'alcool aussi levait ses inhibitions et elle décida de poser sa tête sur l'épaule de son cavalier.

— Gemma... ma douce... murmura-t-il d'une voix altérée. Partons, voulez-vous ?

— Déjà ?

Gemma loucha vers sa montre. Il n'était que dix heures et demie. Elle esquissa une moue de contrariété.

— Restons encore un peu. Nous avons toute la nuit devant nous.

— Gemma...

— Plus tard, dit-elle doucement.

Leurs yeux se croisèrent, et un sourire entendu naquit sur les traits anguleux de Paul.

Ils dégustèrent un deuxième cognac, retournèrent danser. L'orchestre n'avait pas encore plaqué les derniers accords que Paul s'immobilisait déjà.

— Cette fois, nous rentrons.

Il l'empoigna par le bras sans douceur et l'entraîna résolument vers la sortie.

Dans le vestiaire, Gemma consulta fébrilement sa montre. Onze heures. Il leur faudrait une bonne demi-heure pour regagner Zermatt. Ils arriveraient dans les temps.

Le trajet en voiture se passa sans incident. Paul se concentrait sur la conduite. Ne sachant pas qu'elle comprenait cette langue, il ordonna en allemand au maître d'équipage de lancer ses chevaux au galop. Comme le traîneau s'ébranlait dans un furieux tintement de grelots, Paul la prit dans ses bras et se mit à l'embrasser d'une bouche impérieuse et brutale.

— Gemma... Je ne sais ce que vous avez ce soir. Vous êtes... irrésistible.

Frileusement, elle resserra le col de son manteau.

— Taisez-vous.

Il la serra plus fort contre lui et leurs bouches se joignirent. Gemma eut l'impression que le monde basculait autour d'elle, aussi eut-elle du mal à comprendre ce qui arrivait lorsque le traîneau stoppa sa course folle.

Le chalet de Paul, construit sur deux niveaux, était somptueux. Dans la grande pièce du bas, des canapés immenses et moelleux étaient disposés autour d'une cheminée monumentale. Un feu de bois aux lueurs sourdes brûlait dans l'âtre. Dans la pénombre rougeoyante, Gemma distingua la courbe élégante d'un escalier de chêne qui conduisait à une mezzanine. Elle n'eut pas le temps de poursuivre l'examen des lieux car Paul, qui s'était approché d'elle à pas de loup, l'aidait à se débarrasser de son manteau. Ses mains se posèrent sur les épaules délicates.

— Gemma, chuchota-t-il d'une voix étouffée.

Sans un mot, elle se retourna et lui fit face. A travers ses paupières mi-closes, elle le regarda pensivement puis, attirant le visage de Paul vers le sien, elle l'embrassa longuement. Il l'enleva dans ses bras puissants et la déposa sur un canapé près de la cheminée. Gemma consulta subrepticement sa montre-bracelet. Il était minuit moins sept minutes.

Paul embrassait avidemment ses paupières, son cou.

— Chérie... amour... douce..., murmurait-il fiévreusement en français.

Sa veste de smoking gisait déjà à terre. Gemma allongea le bras, dénoua le nœud de papillon de satin noir. Au contact de sa main, le cœur de Paul se mit à battre à coups redoublés. Avec un cri étouffé, il s'empara de la bouche fraîche.

Sans qu'elle sût très bien comment, ils se retrouvèrent étendus sur le tapis de haute laine devant l'âtre. Le feu rougeoyant projetait des ombres étranges dans la pièce. La main de Paul s'aventura le long de son dos. Il était presque minuit, aussi Gemma ne bougea-t-elle pas, persuadée que la sonnerie du téléphone allait retentir d'un instant à l'autre. Des doigts frôlèrent ses reins et elle frissonna.

— Gemma...

La voix de Paul était rauque, méconnaissable. Bouleversée par ses caresses, Gemma faillit crier. Mais le sens de la réalité reprit le dessus.

— Paul, je vous en prie ! s'écria-t-elle, prise de panique.

La peur décuplait ses forces. Elle parvint à le repousser et se releva péniblement. Paul se remit debout d'un bond.

— A quoi jouez-vous ? gronda-t-il soudain.

Il semblait hors de lui.

— Je dois... partir, balbutia Gemma.

Il la saisit par le bras et ses doigts s'enfoncèrent dans sa chair.

— Que dites-vous ?

— Je dois m'en aller. Paul, je vous en supplie, essayez de comprendre.

— Comprendre ? La petite fille sage se métamorphose subitement en sirène enchanteresse et je dois « comprendre » ! C'est par perversité que vous soufflez ainsi le chaud et le froid ? Répondez-moi !

— Je... je ne peux pas. Je... je suis désolée.

— *Désolée ?* souligna Paul en corsant le mot d'un ricanement sinistre.

Il la repoussa si violemment qu'elle faillit tomber à la renverse.

— Vous êtes complètement inconsciente !

Gemma était secoué de sanglots secs. Comme un lion en cage, il se mit à arpenter furieusement la pièce. Elle se baissa pour ramasser ses chaussures et amorça un pas en direction de la porte.

— Ne bougez pas ! jeta Paul d'une voix blanche. J'exige des explications.

Sans la quitter des yeux, il vint vers elle et l'attrapa de nouveau par le bras.

— Pourquoi me provoquez-vous ? Vous voulez me

pousser à bout ? Vous voulez que je me jette sur vous en rugissant comme un tigre ? C'est là votre conception de l'amour ? Navré de vous décevoir. La mienne est différente !

— Ce que vous dites est... monstrueux, haleta Gemma.

Les yeux agrandis d'horreur, elle se tortillait en tous sens pour essayer d'échapper à l'étreinte de fer.

— Alors pourquoi, Gemma ? Pourquoi ?

— Parce que... bégaya-t-elle en rougissant jusqu'à la racine des cheveux. Parce que je ne...

— Parce que vous ignorez tout de l'amour ?

Gemma hocha péniblement la tête.

Un éclair meurtrier traversa les prunelles noires.

— Vous cherchiez un professeur et vous avez jeté votre dévolu sur moi, froidement. C'est cela ?

Gemma étouffa un gémissement de douleur ; il venait de lui tordre le poignet.

— C'est faux ! Je vous supplie de me lâcher, Paul.

— Ne comptez pas sur moi pour vous initier à des jeux qui ne sont manifestement pas de votre âge. Rentrez chez vous jouer à la marelle.

Ces propos étaient débités d'une voix féroce.

— Disparaissez, pauvre fillette attardée.

Anéantie, Gemma porta une main à sa bouche pour réprimer un cri. Elle pivota brusquement sur elle-même et se rua dehors. C'est alors que la sonnerie du téléphone retentit.

7

Le chalet Domino était plongé dans l'obscurité.
Personne n'était encore rentré. Gemma se rua dans
sa chambre et se jeta à plat ventre sur son lit. Des
larmes de honte et d'humiliation ruisselaient sur ses
joues. Au souvenir des sensations que les caresses de
Paul avaient éveillées en elle, ses joues s'empourprèrent. Que serait-il arrivé si elle ne s'était pas arrachée
à son étreinte...

Labourant de ses ongles le tissu pelucheux, elle se
tournait et se retournait comme une carpe sur le
couvre-pied. Heureusement qu'elle avait recouvré
ses esprits et que Paul l'avait laissée partir. Bizarrement, elle avait toujours senti que Paul ne cherche-
rait pas à s'imposer à elle par la violence et que,
malgré sa triste réputation, il saurait la respecter.

La porte d'entrée claqua. Des pas pressés retentirent dans l'escalier et Lisa, hors d'haleine, fit irruption dans la pièce.

— Gemma, tout va bien? Que s'est-il passé? Ne
me dis pas que...

Gemma s'assit sur son séant, détourna la tête.

— Tout va bien, dit-elle d'un ton morne. Pourquoi
n'as-tu pas téléphoné?

— Mais j'ai téléphoné. Tu étais déjà partie. Il
avait l'air d'être d'une humeur de dogue aussi je me

suis précipitée à la maison. Que s'est-il passé ? interrogea à nouveau Lisa.

Gemma tourna vers elle un visage crayeux, éclata d'un rire douloureux et fondit brutalement en larmes.

— L'ignoble individu ! s'écria Lisa en la serrant dans ses bras. Que t'a-t-il fait ?

A l'aide d'un mouchoir en papier, Gemma épongeait ses larmes tout en s'efforçant de retrouver son sang-froid.

— Rien. Je l'ai repoussé avec une force dont je ne me serais jamais crue capable, et il n'a pas cherché à me retenir. Mais il était hors de lui, et moi, je me suis sentie tellement honteuse... C'est fini, ajouta-t-elle en prenant un petit ton courageux. Désormais, il va me fuir comme la peste. Cette fois, l'expérience est définitivement compromise. De toute façon, elle était vouée à l'échec. Comment avons-nous pu penser un seul instant que Paul Vérignac épouserait un jour une illustre inconnue ? C'était absurde ! Dieu merci, je vais enfin pouvoir me débarrasser de ces odieux accessoires.

Joignant le geste à la parole, Gemma ôta ses verres de contact et les remit dans leur étui. Fébrilement, elle entreprit d'enlever les épingles qui retenaient sa perruque et enfouit le postiche au fond d'un tiroir.

— Maintenant nous allons pouvoir profiter sans arrière-pensée des deux semaines de vacances qui nous restent. Et je vais redevenir moi-même, jeta-t-elle avec un entrain factice. Je commençais à ne plus savoir très bien où j'en étais avec ces déguisements.

Un mince sourire éclaira ses traits.

— Lisa, sois un amour. Laisse-moi me mettre au lit. Je tombe de fatigue.

— Bien sûr, s'écria Lisa en se levant d'un bond. Ne t'inquiète pas, je mettrai Joy et Angie au courant.

Essaie d'oublier ce qui s'est passé, Gemma, et pardonne-moi. Ce plan était ridicule.

— Cela devait se terminer ainsi. Bonne nuit, Lisa.

Bien qu'exténuée physiquement et psychologiquement, Gemma mit longtemps à trouver le sommeil. Lorsqu'elle descendit prendre le petit déjeuner le lendemain, de grands cernes violacés creusaient ses joues. On évita soigneusement de lui en faire la remarque.

— Vous avez des projets pour aujourd'hui ? s'enquit Angie. Si nous allions visiter le musée et louer des luges cet après-midi ?

— Formidable ! s'écrièrent Joy et Lisa en chœur.

Gemma tenta faiblement d'exprimer son point de vue.

— Je suis persuadée que vous avez des rendez-vous, toutes les trois. Ne changez surtout pas votre programme pour moi. Cela me fera du bien de rester un peu seule. J'ai du courrier en retard, et il faut que je range ma chambre.

— Pas question que tu restes à te morfondre ici, décréta résolument Joy. Si tu tiens à rester à la maison, nous te tiendrons compagnie.

Gemma dut capituler. Après le déjeuner, elles allèrent louer des luges et s'amusèrent comme des gamines malgré leurs chutes nombreuses. Le soir, tout le monde alla danser. Et Gemma eut un cavalier.

Elle n'était pas dupe des stratagèmes naïfs déployés par ses amies. Comment aurait-elle pu s'en formaliser ? Elles étaient pleines de bonnes intentions et ne cherchaient qu'à la distraire.

On décida le lendemain de prendre un téléphérique pour aller skier sur des pistes un peu plus difficiles. Equipé de pied en cap, le quatuor traversait le village, quand soudain Joy poussa une exclamation étouffée et se figea.

118

— Que se passe-t-il, maugréa Lisa. Tu as encore oublié ta carte d'abonnement ?

— Non, fit Joy. Enfin, je veux dire oui, ajouta-t-elle précipitamment. Il faut faire demi-tour.

Elle empoigna Gemma par le bras et rebroussa chemin en adressant force grimaces et jeux de physionomie aux deux autres.

— Mais…, commença Angie qui s'interrompit net.

— Tu as raison, enchaîna Lisa ; il faut remonter. Immédiatement.

La manœuvre ne fut pas assez prompte. Gemma avait déjà aperçu Paul à l'autre bout de la rue. Vêtu d'un pantalon gris et d'un gros chandail, il avançait d'un pas décidé. De temps à autre, il s'arrêtait et scrutait attentivement les alentours. Les trois jeunes filles se placèrent autour de Gemma pour la soustraire à sa vue. Lorsqu'il passa près d'elle, le cœur de Gemma se mit à battre à coups redoublés et elle sentit sa gorge se nouer. Elle se rabroua aussitôt. Comment aurait-il pu la reconnaître sans son déguisement ?

Pendant les trois jours qui suivirent, elle l'aperçut à deux autres reprises. La première, près d'un arrêt de téléphérique et la seconde au *Village,* où elle avait accompagné ses amies. Gemma était penchée vers Lisa pour pouvoir entendre ce qu'elle lui disait, lorsque, du coin de l'œil, elle vit Paul pousser la porte et entrer. Simplement mais élégamment vêtu, il était seul. Il lança un regard circulaire autour de la salle enfumée et s'approcha du bar pour y commander quelque chose. Son verre à la main, il dévisageait danseurs et consommateurs. Les doigts de Gemma se crispèrent sur sa cigarette ; elle baissa vivement le nez. Juste à ce moment-là, son cavalier lui passa autour des épaules un bras providentiellement protecteur. Lorsqu'elle trouva le courage de relever la tête, Paul avait disparu.

Une grande nervosité s'empara d'elle. Elle sursautait au moindre bruit, rougissait et pâlissait tour à tour sans motif apparent. Sans rien perdre toutefois de sa lucidité, elle but plus qu'à l'accoutumée. Au lieu d'esquiver plaisamment et poliment, elle remit vertement à sa place le jeune homme qui la raccompagnait lorsqu'il fit mine de l'embrasser pour lui souhaiter une bonne nuit. Les trois autres la regardaient d'un air ébahi. On eût dit qu'elles ne la reconnaissaient plus. Dès que Gemma quittait la grande pièce, elles tenaient des conciliabules affairés.

Gemma se rendait parfaitement compte de ce que sa conduite avait d'irrationnel. La mascarade était terminée, elle aurait dû s'en réjouir. Au lieu de songer à profiter de ses vacances, elle n'avait qu'une idée : rentrer en Angleterre.

Le lendemain, la neige tomba dru, mais le surlendemain matin, les rayons du soleil tirèrent bien vite du lit les occupantes du chalet Domino. On décida d'aller skier. Gemma se résigna à accompagner ses amies et enfila sa combinaison. Pour se protéger du froid vif, elle enfouit ses longs cheveux châtains sous un épais bonnet de laine.

La lumière était si crue qu'elles durent mettre leurs lunettes de soleil sur le télésiège qui les emmenait à Sunnegga. Il y avait foule au remonte-pente qui permettait d'atteindre le départ de la piste qu'elles avaient choisie. Elles se mirent dans la queue. Gemma bavardait avec Lisa lorsqu'il lui sembla tout à coup entendre par deux fois crier son nom. Quelqu'un la prit violemment par le bras et la fit pivoter sur elle-même.

— Gemma ? jeta une voix étouffée.

Désemparée, Gemma dévisageait Paul sans mot dire. D'une main tremblante, elle enleva ses lunettes. Paul qui allait parler se tut. Il lui arracha son bonnet, et ses longs cheveux dégringolèrent sur ses épaules. Paul se figea.

— Excusez-moi, mademoiselle. Je vous avais prise pour quelqu'un d'autre.

Il s'éloigna à grandes enjambées, sans se retourner, et Gemma resta plantée là, à le suivre des yeux. Il fallut que Lisa la tire par la manche pour qu'elle réagisse et se décide à avancer. Elle fut d'un calme impressionnant toute la journée. Son air absent, voire égaré, n'échappa pas à ses amies. Lisa, Joy et Angie s'abstinrent de tout commentaire mais échangèrent des clins d'œil éloquents.Ce soir-là, Gemma refusa de se joindre à elles. Ses amies eurent le tact de ne pas insister, elles avaient compris qu'elle préférait rester cloîtrée plutôt que de risquer de rencontrer Paul.

— Dis-moi, Gemma, remarqua innocemment Joy en beurrant ses tartines matinales, tu n'avais pas promis de me donner des leçons de patinage ?

— Oui, fit mollement Gemma.

Le programme de la matinée étant ainsi tracé, on enfila prestement fuseaux et anoraks.

— Personne n'aurait vu mes lunettes et mon bonnet ? se lamenta Gemma. J'ai cherché partout. Impossible de les retrouver.

On eut beau fouiller toute la maison, les objets réclamés restèrent introuvables.

— Tu les a peut-être oubliés dans le traîneau hier, suggéra Angie. Tant pis, tu t'en passeras, ajouta-t-elle d'un ton léger.

— Mais il fait un froid terrible et la réverbération est si forte sur le lac...

Les recherches reprirent sans plus de succès.

— Je ne vois qu'une solution. C'est que tu remettes ta perruque et les verres de contact.

— Mais..., objecta Gemma dont les jambes mollirent soudain. Et si Paul m'aperçoit ?

— Aucun danger, affirma péremptoirement Angie. Tu sais bien qu'il ne s'intéresse qu'au ski.

En bougonnant Gemma obtempéra. La perruque fut fixée en un éclair.

Les patineurs étaient peu nombreux. Dans un coin, un moniteur courageux donnait une leçon à des enfants de nationalités différentes. A l'autre extrémité du lac, un match de hockey était en cours. Il fallait faire la queue pour louer des patins.

— Oh ! se désola soudain Angie. Il faut que je retourne à la poste acheter des timbres. J'en ai pour une minute.

— Je t'accompagne, dit Lisa. J'ai horreur de faire la queue. Avancez, ne vous occupez pas de nous. Nous vous rejoindrons.

— Surtout tiens-moi bien par la main, supplia Joy en équilibre plus qu'instable sur ses patins.

— Ne t'inquiète pas, promit Gemma. Penche-toi légèrement en avant. Le poids du corps doit porter alternativement sur la jambe droite puis sur la jambe gauche.

Elles effectuèrent un tour de patinoire. Joy qui prenait confiance lâcha bientôt la main de son instructeur et s'élança, sous la surveillance de Gemma.

— Concentre-toi, conseilla Gemma. Regarde devant toi au lieu de te contorsionner pour essayer de voir ce qui se passe dans ton dos.

— J'essayais de voir où étaient les autres. Tu me montres comment on fait pour tourner ?

— C'est simple, dit Gemma en joignant le geste à la parole.

— Tu es douée, commenta Joy avec une pointe d'envie.

— J'étais toute petite quand j'ai chaussé des patins pour la première fois.

Joy continua à s'exercer pendant quelque temps encore. Puis elle déclara forfait.

— Je ne sens plus les muscles de mes jambes,

déclara-t-elle plaintivement. Je vais me reposer sur un banc et t'admirer. Cela va me stimuler.

Gemma protesta un peu pour la forme et s'élança. Elle risqua quelques sauts, dessina quelques boucles, prit de la vitesse. Soudain, derrière un groupe de débutants, elle aperçut une silhouette en noir et rouge qui se dirigeait droit vers elle. Les tempes battantes, elle fit aussitôt demi-tour. Ses longs cheveux blonds flottant derrière elle, elle accéléra l'allure. Paul la dépassa et s'arrêta à quelques mètres d'elle, les bras tendus pour l'intercepter au passage.

Dès qu'elle le vit si près d'elle, Gemma stoppa net. La respiration haletante, elle se tenait très droite devant lui. Les bras de Paul retombèrent le long de son corps et il la fixa un long moment en silence. Sa course rapide ne semblait pas l'avoir essoufflé le moins du monde. Comme hypnotisée, Gemma ne pouvait détacher son regard des traits familiers.

— Pourquoi ne m'avez-vous pas téléphoné?

Apre et sèche, la voix de Paul brisa le charme. Gemma battit des paupières et détourna la tête.

— Je croyais que vous ne vouliez plus jamais me revoir.

Rapide comme l'éclair, il franchit les quelques mètres qui les séparaient et l'empoigna sans douceur par le bras.

— J'étais dans une colère insensée, je l'avoue, mais je n'ai jamais dit que tout était fini entre nous.

Gemma recula, elle essayait de se libérer.

— Ce n'est pas ce que j'ai compris. Ne m'avez-vous pas conseillé d'aller… jouer ailleurs? C'est bien l'expression que vous avez employée, non?

— Ce n'est pas vrai et vous le savez, dit Paul avec feu. Dès le début, j'ai compris que vous étiez différente des autres, de ces femmes qui hantent les endroits à la mode en quête d'aventures sans lendemain. J'ai compris que l'amour était quelque chose de sacré pour vous. Aussi ai-je décidé de vous apprivoiser.

Le nez baissé, Gemma contemplait ses bottes.

— Après ce qui s'est passé, risqua-t-elle timidement, nous ne pouvons plus...

— Reprendre les choses là où nous les avons laissées ? Mais si. Quand j'ai vu votre manège, j'ai d'abord pensé que vous n'étiez qu'une de ces aventurières dont je parlais tout à l'heure. Je me suis vite aperçu de mon erreur.

Les dents serrées, Paul poursuivit.

— C'est un jeu dangereux que vous avez joué, petite sirène.

— Je... je sais. Pardonnez-moi, Paul. Je me suis conduite comme une idiote.

Doucement il l'obligea à relever la tête. Quelle ne fut pas alors la surprise de Gemma lorsqu'elle s'aperçut qu'il souriait.

— C'est vrai. Vous allez avoir du mal à obtenir votre pardon. D'autant que vous ne m'aviez pas donné votre adresse et que j'ai dû remuer ciel et terre pour vous retrouver.

Gemma tressaillit.

— Il ne faut pas avoir peur. Je saurai être patient. Nous avons vécu ensemble des moments merveilleux. Nous en vivrons d'autres. Je le sais. Je le sens.

Gemma dit soudain d'une voix désolée :

— Paul, c'est impossible. Vous ne savez rien de moi. Nous sommes si différents l'un de l'autre. Cela ne marchera pas.

La mort dans l'âme, elle essayait désespérément de le convaincre. Car elle sentait que c'était mal de continuer à lui jouer la comédie.

Paul serra ses mains entre les siennes.

— Pourquoi ne pas essayer ? Oublions cette triste nuit. Nous nous entendions si bien. Ne pouvons-nous continuer à être amis ?

Le menton de Gemma se mit à trembler et elle le

regarda droit dans les yeux. Le moment était venu de trancher le fil ténu qui reliait — au prix de quelle imposture — leurs deux existences. Le « non » qu'elle voulait prononcer ne put franchir ses lèvres. L'idée de ne plus jamais le revoir lui parut soudain insupportable.

— C'est de la folie, murmura-t-elle d'une voix mal assurée.

— Oui. La vie est ainsi, Gemma. Dites oui.

Un soupir douloureux s'échappa de ses lèvres.

— Vous le voulez vraiment ?

— En doutez-vous ? murmura Paul avec un sourire radieux. Et cette fois vous allez me donner votre adresse. Je ne vous laisserai pas disparaître de nouveau.

D'un même mouvement, ils s'élancèrent sur le lac gelé.

Ce n'est qu'en entendant les compliments que lui adressait Paul sur ses talents de patineuse que Gemma se souvint de Joy. Honteuse, elle se mit à la chercher des yeux. Aucune trace de l'anorak rouge de son amie. Etait-elle allée annoncer triomphalement aux deux autres que, contre toute attente, l'expérience continuait ?

— Paul, demanda-t-elle soudain, par quel hasard m'avez-vous retrouvée ici ? Je croyais que vous me cherchiez du côté des pistes ?

— En effet, mais j'ai eu de la chance. Juste au moment où je sortais de l'hôtel j'ai surpris une conversation. Une jeune fille demandait à son amie si elle savait où était Gemma et cette dernière lui a répondu qu'elle était à la patinoire. Comme elles parlaient anglais et que votre prénom n'est pas si répandu, j'en ai déduit qu'il ne pouvait s'agir que de vous et je me suis précipité.

— Vous pourriez me décrire ces deux providentielles informatrices ? questionna Gemma avec une douceur suspecte dans la voix.

— La plus grande portait des lunettes, l'autre avait un anorak bleu, je crois.

Les yeux de Gemma jetèrent des éclairs. Sa belle bouche se pinça.

— C'est bien ce que je pensais ! Elles ont manigancé cette rencontre. Et dire qu'elles se prétendent mes amies. C'est trop fort ! explosa Gemma rouge de colère.

— Mais, souligna Paul, ce *sont* vos amies. Sans elles, je ne vous aurais peut-être jamais retrouvée.

Il la serra plus fort contre lui.

— Je me demande ce qui a bien pu les inciter à organiser ce complot... Leur auriez-vous laissé entendre, d'une manière ou d'une autre, que je vous manquais ? fit-il plaisamment.

— Paul..., murmura Gemma cramoisie.

— Je sais que nous sommes dans un endroit public. J'en suis navré, mais je crois que votre pudeur va de nouveau être mise à rude épreuve.

Tendrement, passionnément, Paul mit sa menace à exécution et Gemma s'abandonna en frissonnant à ce long et délicieux baiser. Que lui importait à présent que tout Zermatt la vît dans ses bras...

Pendant les jours qui suivirent, Gemma chassa délibérément de son esprit tout ce qui n'était pas Paul. Comme elle refoula dans un coin de sa conscience la comédie qu'elle était tenue de lui jouer. Ils passaient de plus en plus de temps en compagnie l'un de l'autre. Elle se rendait compte de la précarité et de la fausseté de la situation, mais cela ne faisait qu'aiguiser son désir de profiter des derniers moments qu'ils vivaient ensemble.

Ils dînaient toujours dans des restaurants isolés et parfaitement tranquilles. Un soir qu'il neigeait, Paul lui proposa de venir dîner chez lui. Lorsqu'il la vit hésiter, il ajouta bien vite :

— Je vais retenir une table au restaurant de l'hôtel. Ce sera beaucoup mieux.

— Non, se récria Gemma en posant une main sur son épaule. Je serai heureuse de souper en tête à tête avec vous. Ce n'est pas la peine que vous vous dérangiez. Le traîneau passera me prendre.

Lorsque Paul entrebâilla la porte pour la laisser entrer, Gemma secoua la tête pour chasser les flocons de neige tombés sur son capuchon. Il la conduisit près du feu. Peut-être évoquait-il, comme elle, des souvenirs brûlants mais il n'en laissa rien paraître. Il lui prépara un cocktail tout en lui distillant avec humour une anecdote sur l'un des nouveaux pensionnaires de l'hôtel.

— Ce monsieur donne une grande réception dans les salons du Casino demain. Il y aura un monde fou. Essentiellement des gens connus ou qui croient l'être.

— Irez-vous ? s'enquit Gemma en sirotant son apéritif.

— Si vous m'accompagnez, oui.

— Mais, on ne m'a pas invitée.

— Aucune importance.

Gemma se rembrunit. Angie ne lui avait-elle pas dit que Paul adorait les mondanités et recevait assez souvent lui-même ? L'idée d'affronter une foule parmi laquelle se presseraient ses nombreuses connaissances sous l'œil malveillant des échotiers ne lui souriait guère. Aussi hocha-t-elle la tête en signe de dénégation.

— Merci. Je préfère que vous y alliez sans moi. Les bains de foule me font peur.

— J'espérais que vous me diriez cela, murmura Paul. Je n'avais pas la moindre intention de me rendre à cette soirée.

Le dîner fut servi par un maître d'hôtel efficace et d'une discrétion exemplaire. La table avait été dressée près de l'immense baie vitrée. Les rideaux n'étaient pas tirés, et, de temps à autre, on apercevait des points lumineux qui trouaient les ténèbres du côté du Riffelberg.

— Ils doivent répéter pour la retraite aux flambeaux, remarqua négligemment Paul en répondant à un froncement de sourcil interrogateur de Gemma.

— Une retraite aux flambeaux? interrogea Gemma les yeux brillants. Quand?

— Après-demain, je crois. Vous n'en avez jamais vu?

— Non. Oh… Paul, j'aimerais tant y assister.

— C'est bien facile. Nous pouvons même y participer si vous voulez.

— Oh oui! s'écria Gemma avec enthousiasme. Quelle merveilleuse idée!

— Vous avez l'air d'une enfant à qui on a promis une récompense, observa Paul indulgent.

Le visage de Gemma se ferma et elle détourna la tête. Ce fut à peine si elle réussit à s'arracher un mot pendant le reste du repas. Le domestique vint débarrasser et disparut à pas furtifs dans les profondeurs de l'office. Paul suggéra qu'ils seraient aussi bien devant la cheminée pour prendre un digestif. Gemma acquiesça et s'assit sur le canapé, à bonne distance de son hôte, son verre de Chartreuse à la main.

— Gemma, dit soudain Paul avec beaucoup de douceur. Dites-moi ce qui ne va pas. Je vous trouve bien silencieuse depuis tout à l'heure.

Gemma contemplait fixement le liquide ambré. Machinalement, elle passait sur le bord du petit verre le bout de son index. Lorsqu'elle se rendit compte de son geste, elle s'arrêta brusquement.

— Je n'ai rien, je vous assure.

— J'ai dit quelque chose qui vous a blessée?

Gemma laissa passer une demi-minute de silence et risqua timidement :

— Une enfant, c'est tout ce que je suis pour vous, n'est-ce pas?

Paul reposa précipitamment sa tasse de café et se rapprocha.

— Ce n'est pas cela.

Son ton était grave.

— Je crois que vous êtes très jeune et très innocente. Vous posez sur la vie des yeux pleins d'émerveillement. C'est une faculté que je vous souhaite de conserver longtemps. C'est si rare et si précieux.

Paul la regardait intensément sans esquisser le moindre geste. Sans réfléchir, Gemma lui passa les bras autour du cou et posa ses lèvres malhabiles sur les siennes. Il ne fit rien pour l'en empêcher. Mais il ne fit rien non plus pour la retenir lorsque, le souffle court, elle dénoua son étreinte et s'écarta de lui.

— Vous disiez que vous n'aimiez pas les réceptions ? lança-t-elle soudain pour rompre le dangereux silence qui s'était établi dans la pièce.

Paul lui décocha un regard incertain et sourit, magnanime. Nonchalamment il remit de l'ordre dans ses cheveux et alluma une cigarette.

— Si, de temps en temps. Mais je n'aime pas la compagnie de ceux qui les fréquentent. Ils sont si ennuyeux... La plupart du temps, ces soirées sont sinistres.

— Tiens, tiens, fit Gemma d'un air moqueur. Seriez-vous blasé ?

— Vous ne le croirez peut-être pas, mais j'ai été jeune et enthousiaste moi aussi.

Gemma laissa aller sa tête contre son épaule.

— Que vous est-il arrivé ?

Comme le silence de Paul se prolongeait, Gemma crut avoir été indiscrète.

— Vous le savez, mes parents se sont séparés alors que j'étais très jeune. On m'a confié à la garde de ma mère qui a tout fait pour m'inciter à détester mon père.

— Oh, dit Gemma doucement. Je ne savais pas.

— Vous imaginez aisément ce que fut mon enfance. J'ai été tiraillé entre une mère aigrie et vindicative et un père qui ne l'était pas moins et cherchait par tous les moyens à me dresser contre elle. J'ai été constamment manipulé par eux. A travers moi, ils essayaient de se détruire mutuellement. Plusieurs fois je me suis sauvé de la maison, ce qui m'a valu une réputation d'enfant rétif et instable. J'étais plus heureux lorsque j'étais en pension, loin d'eux. Comme ma mère a toujours refusé de divorcer, mon père n'a pas pu se remarier, et je suis donc resté son seul héritier. Il avait tellement peur que je fasse don de sa fortune à ma mère qu'il a toujours refusé de m'initier à ses affaires.

La voix de Paul se chargea d'amertume.

— Il me payait une petite pension et réglait toutes les dépenses afférentes à mon éducation, puis à mon existence de riche oisif. Voitures, bateaux, voyages, je lui envoyais les factures et il réglait tout.

Avec cynisme, il ajouta :

— Vous voyez que je n'ai pas à me plaindre. J'ai toujours eu tout ce que je voulais.

Oui, songea Gemma le cœur serré. Sauf l'affection d'un père et d'une mère.

— Paul, murmura-t-elle,…

Il eut un mouvement de recul.

— Je ne veux pas de votre pitié.

— Vous n'en avez pas besoin. Ce qui me révolte et me navre, c'est qu'ils se soient montrés si cruels envers le petit garçon que vous étiez.

Un sourire éclaira le visage du narrateur qui se rassit.

— « Petit garçon », je ne le suis pas resté longtemps. J'ai grandi vite, croyez-moi, et j'ai appris à ne compter que sur moi-même.

— Vous avez toujours vos parents ?

— Ma mère seulement. Mon père est mort il y a

130

dix ans ; elle s'est remariée et installée aux Etats-Unis. Il y a une éternité que je ne l'ai vue.

— Alors, vous avez pris le contrôle des affaires paternelles ?

— Théoriquement oui, car pratiquement, père les avait organisées de telle façon que je n'aie pas à m'en occuper. On me demande quelques signatures ici et là, c'est tout.

Du jour où il lui eut fait ces confidences, Gemma se sentit plus à l'aise avec lui. L'image de l'inconnu richissime et énigmatique disparut. Paul se dépouilla de sa dimension mythique ; il gagna en humanité ce qu'il perdit en mystère. La souffrance qui l'avait broyé à un âge si tendre lui avait laissé au cœur ce goût d'amertume dont il avait tant de mal à se défaire.

A quelque temps de là, ils allèrent assister à l'entraînement de l'équipe de bobsleigh. Paul avait des amis dans l'équipe française. On l'invita à faire un tour et il accepta. L'étrange traîneau dévalait la pente à une vitesse vertigineuse. Gemma qui avait prudemment décliné l'invitation vit soudain le bob quitter la piste, se cabrer et retomber avec un bruit sourd. Un froid horrible la paralysa. Elle ne retrouva ses esprits que lorsqu'elle vit les deux hommes descendre indemnes du véhicule. Paul ôta son casque et se dirigea vers elle d'un pas tranquille.

Par une réaction bien normale, sa peur se changea en colère, et elle se rua vers lui en vociférant.

— Vous êtes fou ! Vous auriez pu vous tuer. Que vous ayez envie de vous casser le cou, c'est votre problème. Ne me demandez pas en plus d'applaudir.

Livide, elle tourna précipitamment les talons. Paul eut tôt fait de la rattraper et il la prit dans ses bras.

— Gemma, mon petit, calmez-vous.

Sa colère tomba d'un seul coup ; elle leva les yeux vers lui. Bouleversée, elle comprit la véritable raison de son emportement. Paul ne dit mot et lui sourit, d'un sourire indéfinissable.

Le lendemain, il se rendit à Berne en hélicoptère. Ils devaient se retrouver dans la soirée pour participer à la retraite aux flambeaux. Il y avait foule dans le train qui les emmenait vers le point de ralliement. Une gaieté contagieuse régnait. On se mit à chanter. Tout le monde reprenait le refrain en chœur. C'était une sensation étrange que de se retrouver dans la montagne la nuit. Lorsqu'elle aperçut les lumières de Zermatt au fond de la vallée, Gemma se fit l'effet d'être un marin perdu en mer qui entrevoit soudain la lueur d'un phare.

Paul prit une torche et l'alluma, Gemma vint se ranger à ses côtés.

La procession se déroulait tel un ver luisant géant. Gemma était transportée de joie. Jamais elle n'oublierait cet instant.

Alors qu'ils atteignaient un bouquet d'arbres un peu avant d'arriver à Zermatt, Paul l'appela. Ils quittèrent le groupe et s'arrêtèrent sous un sapin.

— Qu'y a-t-il ? s'étonna Gemma en voyant Paul ficher sa torche dans la neige.

— Venez profiter du spectacle.

Côte à côte, ils regardèrent passer la procession en silence.

— Gemma, dit soudain Paul. Vous pleurez ?

— C'est stupide, n'est-ce pas ? Je crois que je n'ai jamais rien vu d'aussi beau.

— Gemma, mon amour, mon cœur.

Il étreignit la main fine entre les siennes.

— Si vous saviez comme je vous aime.

Elle effleura timidement sa joue.

— Je vous aime, moi aussi, chuchota-t-elle avec ferveur.

— Maudits soient ces skis qui m'empêchent de vous serrer contre moi !

Gemma étouffa un rire incertain.

— A-t-on jamais vu accessoires plus ridicules pour faire une déclaration d'amour ? Rentrons. Cet accoutrement me paraît bien mal adapté aux circonstances.

Paul éclata d'un rire joyeux et ils s'élancèrent. Lorsqu'ils atteignirent le chalet, Paul la prit dans ses bras et la couvrit de baisers.

— Vous feriez mieux de vous mettre à l'aise. Vous risquez de prendre froid en sortant.

La tête légèrement inclinée, Gemma lança d'un ton railleur :

— N'ai-je pas déjà entendu cette réplique quelque part ?

Paul sourit et monta se changer. Il réapparut très vite en pantalon de velours côtelé et chandail à col roulé. Gemma avait ôté sa combinaison de ski, elle portait un long pull et des collants de laine à rayures.

— Voilà donc ce que les jolies skieuses dissimulent sous ces harnachements si seyants...

— Paul, coupa Gemma espiègle, dois-je croire que vous avez attendu ce soir pour assouvir votre curiosité ?

— Vous en doutez ? se récria Paul, faussement innocent.

— Quelle importance, murmura Gemma en nouant ses bras autour de son cou. Ce qui importe c'est que vous m'aimez.

— Oui, chuchota Paul gravement.

La bouche volontaire s'empara de la sienne, et ce baiser interminable laissa Gemma étourdie et sans force. Elle s'accrocha à lui en tremblant. Contre le sien, le cœur de Paul battait à grands coups.

— Paul, risqua-t-elle enfin d'une toute petite voix. Est-ce que cela signifie que... le moment est venu ?

Le nez baissé, elle contemplait fixement le bout de ses collants. Il lui prit le menton entre le pouce et l'index et la força à relever la tête.

— J'ai bien peur qu'il ne nous faille attendre

encore un peu, mon âme. Vous oubliez que nous ne sommes pas encore unis par les liens du mariage.

— Mais... nous ne pouvons pas nous marier, Paul.

— Gemma, tout à l'heure dans la montagne, vous m'avez dit que vous m'aimiez. Le pensiez-vous vraiment ?

— Vous le savez bien, répondit-elle d'une voix étouffée.

— Alors, le reste ne compte pas. Je sais que je veux vous rendre heureuse. C'est tout ce qui m'importe.

L'étreinte se resserra autour de ses épaules.

— Vous êtes tout pour moi. Le reste n'a pas d'importance. Vous ne voulez pas savoir pourquoi je suis allé à Berne aujourd'hui ?

Il l'écarta de lui avec douceur. De sa poche, il extirpa un écrin de cuir bleu et l'ouvrit. Sur un lit de satin outremer reposait une bague. Une bague de fiançailles en platine, ornée de trois diamants.

— C'est... cela que vous êtes allé chercher à Berne ? dit lentement Gemma.

— Oui, dit simplement Paul. Je l'ai commandée dès que nous avons commencé à sortir ensemble.

— Vous étiez donc bien sûr de moi ?

— De vous, non. Mais de moi, oui. Je suis tombé amoureux de vous le fameux jour où vous avez failli disparaître au fond de cette crevasse. Vous voyez que les accidents ont du bon ! Il a fallu que je manque me rompre les os pour que vous voyiez clair en vous...

Sa voix avait une intonation gaie.

— Le... le jour où vous avez été éjecté de la piste de bobsleigh, vous avez compris ce que vous représentiez pour moi ?

— Bien sûr. Seule une femme amoureuse pouvait réagir avec tant de violence. Alors j'ai compris que le moment était venu pour moi d'aller chercher cette bague... Dites-moi que vous m'épouserez, Gemma, et vous ferez de moi le plus heureux des hommes.

Ce fut ainsi que le contrôle de la situation échappa définitivement à Gemma. Plus rien désormais n'avait d'importance, excepté l'amour qu'elle voyait briller dans les prunelles sombres et sentait vibrer dans son propre cœur.

Les yeux pleins de larmes, elle murmura :

— Je vous aime, Paul. Quoiqu'il arrive, n'oubliez jamais cela.

Et elle se blottit dans ses bras.

8

L'aube pointait lorsque Paul raccompagna Gemma chez elle. Ils s'attardèrent sous le porche du chalet Domino pour échanger un long baiser d'adieu. Lisa, Angie et Joy n'étaient pas encore rentrées.

Gemma enleva sa combinaison de ski et ses bottes. A grands coups de tisonnier, elle réussit à rallumer le feu. Pelotonnée devant l'âtre, elle regardait danser les maigres flammes d'un air absent. Cette nuit avait été placée sous le signe du feu : les torches brandies par les skieurs, la flambée odorante qui ronflait joyeusement dans la cheminée de Paul et maintenant ces braises moribondes.

Elle resta ainsi un long moment à évoquer les souvenirs brûlants de cette nuit extraordinaire. Maintenant, il lui fallait regarder la réalité en face. Toute cette semaine, elle avait vécu dans un état second, refusant de se préoccuper de l'avenir comme si l'instant présent était le seul qui comptât.

Des pensées incohérentes cheminaient dans son esprit. Gemma jouait machinalement avec sa bague. Si seulement Paul ne l'avait pas demandée en mariage. S'il ne lui avait pas passé cet anneau au doigt. Tout eût été plus simple. Peut-être alors eût-elle trouvé le courage de sortir de sa vie sans rien lui révéler de ses sentiments.

A plusieurs reprises, elle avait essayé de lui faire

entendre raison, mais il avait balayé ses arguments. L'idée qu'elle allait devoir le faire souffrir lui était insupportable. Le Paul Vérignac dont elle était tombée amoureuse n'avait rien à voir avec la proie abstraite qu'elles avaient décidé de piéger. C'était un riche playboy certes, mais c'était surtout un homme amer et seul qui avait trouvé l'amour. Un amour qu'elle allait détruire.

Désemparée, Gemma se cacha le visage dans ses mains. Il n'y avait qu'un seul moyen de le détacher d'elle à jamais. C'était atroce et simple. Elle brosserait d'elle-même un portrait ignoble pour s'attirer son mépris. En se punissant, elle compenserait un peu le mal qu'elle lui ferait.

Les membres engourdis, elle se leva péniblement. Le feu s'était éteint. Elle frissonna. Elle grimpa l'escalier quatre à quatre. Sans perdre un instant, elle se dépouilla de son déguisement et se précipita dans la chambre d'Angie. Les précieuses notes sur le déroulement de l'expérience étaient empilées en un tas bien net sur la table d'Angie. Gemma introduisit une feuille de papier dans la machine à écrire et se mit au travail. Elle ne changea rien au contenu global des notes, simplement elle s'attacha à passer sous silence ses réticences et ses scrupules et donna à ses faits et gestes un caractère délibérément calculateur et déplaisant. Appuyant sur les détails qui pouvaient faire le plus de mal, elle s'acharna à se charger. Elle fit tant et si bien qu'elle fondit en larmes en arrivant à la dernière page. D'un geste rageur, elle s'essuya les yeux.

« L'expérience a pleinement réussi. En conclusion, nous pouvons dire que le résultat souhaité, à savoir une demande en mariage, peut être facilement atteint quand on dispose des renseignements nécessaires sur le sujet que l'on entend manipuler. »

Gemma retira la feuille de la machine. Une grosse larme roula sur le feuillet qu'elle agrafa avec les autres. Le style était imparfait, mais elle espérait que le ton serait suffisamment convaincant. A bout de forces, elle se leva et écarta les rideaux. Les premières lueurs de l'aube teintaient timidement de rose le ciel pâle. Les montagnes offraient leurs cimes neigeuses aux rayons du soleil renaissant. Gemma se demanda si elle pourrait revoir un jour la neige avec sérénité. Elle rassembla les feuillets qu'elle venait de taper et les glissa dans une grande enveloppe.

Une longue douche chaude détendit un peu ses muscles crispés. Elle était en train de faire ses bagages lorsqu'elle entendit le tintement caractéristique des grelots bientôt suivi de chuchotements et de rires étouffés. Ses trois amies étaient rentrées, raccompagnées par leurs soupirants et ils bavardaient, leurs voix alternant comme pour des versets et des répons.

Lisa la première aperçut un rai de lumière sous la porte.

— Hello, Gemma ! Tu as passé une bonne soirée ?

Elle s'arrêta net en voyant les valises ouvertes et béantes déployées sur le lit.

— Tu fais tes bagages ? Nous ne partons que dans quelques jours...

— J'ai décidé de rentrer, dit Gemma d'une voix qui ne tremblait pas.

— Tu as reçu des mauvaises nouvelles de chez toi ?

— Non, mais j'en ai assez de Zermatt.

— Inutile de biaiser. Je te connais. Tu me caches quelque chose.

— Bonsoir, Gemma ! lança Joy d'une voix ensommeillée. Mais... tu pars ?

— Oui, résuma abruptement Lisa. Gemma prend la fuite.

— Je ne prends pas la fuite, corrigea l'intéressée. J'effectue un repli stratégique.

— Pourquoi ? jeta Lisa qui s'impatientait. On peut savoir ?

Lentement Gemma leur fit face. Il irradiait de son regard une telle détresse que le silence s'abattit soudain sur la petite assemblée.

— Vous tenez à le savoir ? L'expérience a réussi au-delà de toute espérance. Tu peux être fière de toi, Angie !

Trois paires d'yeux la considéraient avec incrédulité.

— Paul Vérignac vient de me demander en mariage. Il m'a même offert cette bague qu'il avait commandée tout exprès pour moi...

La voix de Gemma se brisa.

— Hourrah ! hurla Joy.

Angie s'affala sur le lit encombré de vêtements.

— Je n'arrive pas à y croire, fit-elle, médusée. Ça a marché.

— Pourquoi pars-tu ? jeta soudain Lisa.

— Pourquoi ? lança Gemma avec désespoir. Parce qu'il y a une chose que vous n'aviez pas prévue. Je devais n'être qu'une femme parmi tant d'autres dans la vie de Paul. Malheureusement, il est tombé réellement amoureux de moi. Et maintenant, il faut que j'aille lui annoncer qu'il aime un pantin, une marionnette dont vous avez tiré les ficelles depuis le premier jour.

Le soleil était un peu plus haut dans le ciel lorsque Gemma leva une main tremblante pour sonner à la porte de Paul. Elle portait la perruque et ses yeux étaient dissimulés derrière d'épaisses lunettes de soleil. Sous son bras était glissée la grande enveloppe. Quelques secondes s'écoulèrent. Le maître d'hôtel apparut.

Déconcertée, Gemma balbutia.

— Je voudrais voir M. Vérignac, je vous prie.

— Monsieur n'est pas visible pour l'instant, mademoiselle. Pouvez-vous repasser ?

— C'est très important. Il faut absolument que je lui parle. Dites-lui que Miss Kenyon le demande.

L'homme en noir eut un imperceptible haussement d'épaules.

— Un instant. Je vais voir.

L'air un peu plus gracieux, il reparut bientôt.

— Entrez. M. Vérignac va vous recevoir.

Il s'effaça. Gemma pénétra dans la grande pièce et se dirigea vers la baie vitrée.

Le pas vif de Paul résonna bientôt. Elle se retourna et lui fit face. Les cheveux encore tout humides, il sortait manifestement de la douche.

— Gemma chérie !

Tendrement il prit la petite main entre les siennes et la couvrit de baisers.

— Vous n'avez pas pu dormir, vous non plus ? Je suis si heureux que vous soyez venue. Il me semblait que je ne vous avais vue depuis des siècles. Votre image n'a cessé de hanter mes rêves.

— Je croyais que le sommeil vous avait fui ? remarqua faiblement Gemma.

— Ne savez-vous pas que l'on peut rêver tout éveillé ? fit-il doucement.

Il l'entraîna vers la table où son couvert était mis.

— Avez-vous déjà pris votre petit déjeuner ? Je peux demander à Anton de rajouter une tasse.

— Paul, il faut que je vous parle.

— Bien sûr, mon aimée. Moi aussi. J'ai échafaudé toutes sortes de projets pour notre mariage et notre voyage de noces. Venez boire un peu de café et m'embrasser. Je n'ai pas souvenir que vous m'ayez dit bonjour, railla-t-il doucement.

Une flamme tendre brillait dans ses yeux. Gemma recula d'un pas.

— Je suis venue vous rendre ceci, dit-elle d'une voix sans timbre en retirant la bague de son doigt.

Paul éclata d'un rire sonore et inattendu.

— Vous avez déjà changé d'avis ? Enlevez ces lunettes et approchez. Je connais un moyen de balayer définitivement vos doutes.

D'une main tremblante, Gemma s'exécuta.

— Très bien, je n'en ai plus besoin maintenant. Et de ceci non plus d'ailleurs.

D'un coup sec, elle retira la perruque et ses longs cheveux châtains tombèrent sur ses épaules.

A travers ses cils baissés, elle guettait la réaction de Paul.

Il murmura enfin :

— Eh bien, quelle transformation ! Moi qui croyais épouser une blonde aux yeux bleus...

Le sourcil interrogateur, il ajouta :

— Pourquoi cette mascarade ?

Le menton bravement levé, Gemma dit simplement :

— Lisez. Vous comprendrez.

Elle déposa l'enveloppe sur la table à côté des lunettes et du postiche.

— C'est le compte rendu d'une expérience à laquelle nous nous sommes livrées, mes amies et moi.

— Vous vouliez savoir si les hommes préféraient les blondes ? jeta Paul d'un air moqueur.

— Non, nous voulions voir s'il était possible à une femme d'amener un homme à la demander en mariage dans un minimum de temps.

Il se figea tout à coup.

— Que dites-vous ?

La mort dans l'âme, Gemma poursuivit.

— En voyant votre photo dans une revue, nous avons décidé de vous prendre comme cobaye. Nous vous avons mis en présence d'une femme — moi — qui correspondait à votre idéal, et nous avons tout fait pour que vous la demandiez en mariage. Mission accomplie. Maintenant que j'ai montré la bague à mes amies, je peux vous la rendre.

Les doigts de Gemma se crispèrent sur le dossier de la chaise qu'elle avait agrippé dans son désarroi. Son cœur cognait à grands coups dans sa poitrine. Elle poursuivit avec peine.

— Tout est consigné là-dedans. Je vous laisse à votre petit déjeuner. Adieu.

A peine avait-elle amorcé un mouvement vers la porte qu'elle entendit Paul se lever. Résistant au désir impérieux de s'enfuir, elle s'apprêtait à affronter son courroux, lorsque Paul, l'empoignant sans douceur par le bras, la fit pivoter sur elle-même.

— Vous ne sortirez pas d'ici tant que vous ne m'aurez pas clairement tout expliqué.

Son visage était livide, sa voix rauque.

— Je vous l'ai dit, rétorqua Gemma en affichant un calme factice, lisez ces notes et vous comprendrez.

— Ainsi, dès le début vous m'avez joué la comédie ? Tout ce qui s'est passé entre nous n'était que calcul et mensonge ?

— Oui.

A voix très basse, il remarqua :

— Vous avez promis de m'épouser, Gemma.

— Pas vraiment, Paul. Souvenez-vous.

Elle ramassa les feuillets dactylographiés et les lui tendit.

— Tenez. Lisez.

En feuilletant, elle trouva les pages qui concernaient leur arrivée à Zermatt.

Sans un mot, Paul s'en empara et se mit à les lire. Son visage pâlissait à mesure qu'il tournait les pages et les parcourait rapidement. Lorsqu'il parvint à la conclusion, ses mâchoires se crispèrent, ses yeux exprimaient un étonnement glacé.

— Pourquoi moi ?

Gemma haussa les épaules.

— Par hasard. Nous avons vu votre photo et compris qu'étant donné votre notoriété il nous serait facile de nous renseigner à votre sujet. Et puis nous

nous sommes dit qu'une petite leçon vous ferait du bien. Le chasseur devenu gibier...

— Quand vous avez élaboré votre méprisable plan, vous n'avez pas pensé un instant à mes sentiments ?

— Si, mais nous nous sommes finalement dit qu'une femme de plus ou de moins pour vous, cela n'avait vraiment aucune importance.

— Ce rôle, Gemma, vous l'avez joué avec plaisir ?

Gemma prit un air lointain et répondit avec un dédain emphatique.

— Pas vraiment. Je vous trouve si peu intéressant...

Paul étouffa un juron et la repoussa avec violence contre le mur.

— Savez-vous que j'ai bien envie de mettre certain projet à exécution, petite misérable !

Ecumant de fureur, il s'approcha encore et ses yeux brillaient d'une lueur sauvage.

— Vous n'avez pas pensé aux risques que vous couriez en jouant ainsi avec moi ? siffla-t-il, livide.

— C'étaient des risques calculés, murmura platement Gemma.

— Pauvre inconsciente ! hurla Paul en la secouant convulsivement.

Prise de panique, Gemma se mit à pousser de grands cris. Le maître d'hôtel accourut.

— Monsieur Paul ! bafouilla-t-il en essayant de les séparer.

Un instant déconcerté par l'intervention de son domestique, Paul détourna la tête et Gemma profita de cette demi-seconde d'inattention pour se mettre hors de portée.

— La nuit dernière, dans la montagne, jeta Paul d'une voix que la colère rendait méconnaissable, lorsque vous m'avez dit que vous m'aimiez, vous mentiez aussi ?

Les yeux de Gemma se posèrent sur les traits horriblement crispés.

— A votre avis ? lâcha-t-elle en relevant le menton d'un air de défi assez bien imité.

Paul demeura bouche bée comme s'il venait de prendre un coup au creux de l'estomac. Gemma s'élança vers la porte, les larmes ruisselaient le long de ses joues.

Les trois autres l'attendaient dans le traîneau qui s'élança à grand bruit vers la gare.

Les giboulées succédaient aux giboulées. On était en mars et il pleuvait sans discontinuer. Gemma se hâtait, ses livres sous le bras. Quand elle pénétra dans l'appartement, toutes les lumières étaient allumées. Joy tambourinait à la porte de la salle de bains.

— Lisa ! Dépêche-toi ! J'ai un rendez-vous.

— Moi aussi, rétorqua superbement Lisa qui sortit, drapée dans son peignoir en éponge.

Elle se rua dans sa chambre et en ressortit comme une furie.

— Angie, mon séchoir à cheveux ?

Une vive dispute éclata, et Lisa reparut en brandissant triomphalement l'objet du litige.

Gemma sourit non sans une pointe d'agacement. Elle prit la direction de la cuisine pour se préparer un café. La maison était sens dessus dessous ces derniers temps. Angie avait rencontré un informaticien américain en stage à Oxford, et ils ne se quittaient plus. Lisa et Joy avaient sympathisé, au cours du débat qui avait suivi une très intéressante conférence, avec deux des intervenants, et la conversation s'était poursuivie au pub voisin.

Ce soir, c'était l'affolement. On était samedi : elles se préparaient fébrilement car elles sortaient toutes les trois.

Gemma était passée à la bibliothèque prendre des livres. La soirée serait longue, et elle avait décidé de la meubler aussi intelligemment que possible. Depuis leur retour précipité de Zermatt, elle avait de plus en plus de mal à se concentrer sur ses cours. Elle avait pensé trouver un dérivatif dans le travail mais ne parvenait pas à fixer son attention. Son cœur était lourd et vide.

Elle remplit tout doucement le percolateur et le posa sur la table du séjour, près de la cheminée. Il y avait du fromage dans le réfrigérateur, elle se confectionna machinalement un énorme sandwich et s'installa dans son fauteuil préféré avec son livre, du papier et un stylo.

— Gemma, fit soudain Angie drapée dans un fourreau de femme fatale, tu es sûre que tu ne veux pas nous accompagner? Je peux appeler Steve et lui demander d'inviter un de ses camarades. Tu ne vas pas rester à te morfondre ici !

— Je ne me morfonds pas, rétorqua un peu sèchement Gemma. Je travaille.

Angie se laissa tomber dans un fauteuil.

— Steve est formidable ! s'écria-t-elle soudain en veine de confidences. Notre expérience a eu l'air de le passionner.

Gemma lui décocha un regard peu amène.

— Tu lui en as parlé ?

— Rassure-toi. Je n'ai pas cité de nom. Dans mes notes, Paul Vérignac est toujours l'anonyme Monsieur X.

— Tu lui as prêté tes notes ?

— Oui, il doit me les rendre ce soir.

Une ride barrait le front de Gemma. Elle haussa les épaules. Que craignait-elle, puisque le nom de Paul n'apparaissait pas dans le rapport ? Tout cela était si loin maintenant.

Restée seule, elle essaya de se replonger dans ses cours. Mais elle n'arrivait pas à se concentrer. Elle décida de se faire un autre café et remit le percolateur en marche. La porte de la cuisinière était entrebâillée. En la refermant, Gemma se dit qu'elle ferait aussi bien de nettoyer le four qui en avait sérieusement besoin.

A genoux sur le carrelage, elle astiquait en silence, enveloppée dans un grand tablier de plastique, un foulard noué autour de la tête pour protéger ses cheveux. Lorsqu'elle était dans cet état de nerfs, une activité physique la détendait. A peine avait-elle commencé à récurer la plaque charbonneuse que la sonnette retentit. Avec un soupir, Gemma s'assit sur ses talons. On sonna de nouveau, avec plus d'insistance cette fois. A contrecœur, elle se releva, se débarrassa de ses gants de caoutchouc et de son tablier. On venait de carillonner pour la troisième fois. Agacée, elle s'apprêtait à accueillir fraîchement l'intrus, mais lorsqu'elle eut ouvert la porte elle recula, les yeux écarquillés de stupeur.

Paul se tenait sur le seuil, debout dans le chambranle de la porte, le col de son imperméable relevé. Il la toisa d'un air éminemment insolent. Un pli amer retroussait le coin de sa lèvre. Visiblement, il attendait qu'elle parle. Mais Gemma était bien trop émue pour songer à proférer une parole. Toujours sans un mot, Paul entra et claqua le battant derrière lui avec une grande détermination. Lorsqu'elle le vit avancer, Gemma se précipita dans le couloir. En passant devant la salle de bains, elle fit mine de vouloir s'y réfugier.

— Inutile, grinça Paul. Si vous vous enfermez, j'enfonce la porte.

Les jambes molles, elle le précéda dans le séjour.

— Que venez-vous faire ici ? risqua-t-elle enfin d'une voix mal assurée.

— Nous avons à parler, vous et moi, dit Paul d'un ton dangereusement calme, en se débarrassant de son imperméable qu'il jeta sur le dossier d'une chaise.

— Nous nous sommes tout dit à Zermatt.

146

— Ce n'est pas mon avis. J'ai encore une foule de questions à vous poser surtout après avoir lu les notes que vous m'avez laissées, ajouta-t-il avec une ironie grinçante.

Gemma s'humecta péniblement les lèvres.

— Comment m'avez-vous retrouvée ?

Paul se carra confortablement dans le fauteuil qu'elle venait de quitter.

— Rien de plus simple. Je suis allé trouver le propriétaire de l'agence à qui vous aviez loué le chalet. Je n'ai pas eu de mal à le convaincre de me dévoiler l'adresse de vos amies.

— Je vous préviens, elles vont rentrer d'un instant à l'autre, bluffa Gemma.

Paul eut un sourire sarcastique et mima des applaudissements pleins de dérision.

— Quelle actrice consommée vous faites ! Bravo !

— Que voulez-vous dire ?

— Vous savez comme moi que vos amies sont parties dîner avec leurs soupirants. Je peux vous dire qu'ensuite ils se rendront à une soirée dansante et que leurs chauffeurs seront si éméchés qu'ils ne pourront pas reprendre le volant avant demain matin. Cela nous laisse toute la nuit pour bavarder.

Gemma devint livide.

— Qu'est-ce que cela signifie ?

— Je crois que vous avez compris.

Avec une grâce féline, Paul se releva d'un bond et marcha droit vers elle.

— Lorsque j'ai été en possession de votre adresse, je me suis livré à une petite enquête moi aussi. Avec les renseignements que j'ai glanés, je me suis arrangé pour que vos amies rencontrent des garçons susceptibles de les intéresser. Vous voyez, j'ai appliqué vos méthodes.

Un ricanement lui échappa.

— Elles n'y ont vu que du feu.

— Pourquoi avez-vous agi ainsi ? Quel mal vous ont-elles fait ?

Les yeux de Paul lancèrent des éclairs.

— Elles sont aussi coupables que vous, il me semble !

— Imaginez qu'elles... tombent amoureuses... de...

— Ce serait amusant, non ? ricana Paul. Une sorte de justice poétique. L'arroseur arrosé nouvelle version ! Quelle jolie fable !

— Et moi ? interrogea Gemma en tremblant. Dans quels bras vouliez-vous me jeter ?

— En ce qui vous concerne, dit Paul avec une douceur suspecte, j'ai des projets beaucoup plus intéressants.

Pour la première fois, il tendit la main dans sa direction, effleura sa joue, son cou, s'attarda sur la gorge palpitante. Gemma frémit.

— Que voulez-vous ?

— Dois-je vraiment vous le dire ? ricana méchamment Paul. C'est assez clair, il me semble. Ne pensez-vous pas que le moment est venu de mettre à exécution les promesses que vous m'aviez faites à Zermatt ?

Un vilain rictus déformait les traits anguleux.

— Allez boucler vos valises. Nous partons. Je vous emmène à Paris.

— Paris ?

L'œil de Gemma s'arrondit, se figea.

— La plus belle ville du monde. N'est-ce pas le décor de rêve qui convient à notre tendre idylle ? ironisa lourdement Paul.

— Je refuse !

— Je saurai vous y obliger. Dussé-je pour cela vous enivrer et vous jeter, inconsciente, dans l'avion qui nous attend.

— Et mes examens ? gémit Gemma.

148

Une rage folle s'empara soudain de Paul qui la prit aux épaules et se mit à la secouer convulsivement.

— Au diable vos examens !

Gemma se débattait pour se libérer de l'étreinte de fer. Une mêlée confuse s'ensuivit. Sans qu'elle sût trop comment, Gemma réussit à faire perdre l'équilibre à son adversaire. Paul s'affala sur le parquet, l'entraînant avec lui dans sa chute. Gemma s'agitait en tous sens pour essayer de se relever et Paul, en esquivant un coup, heurta la table basse. Le petit meuble oscilla sur ses pattes grêles. Gemma vit avec horreur la cafetière glisser inexorablement vers le sol.

Alerté par le cri terrifié de Gemma, Paul tendit instinctivement un bras pour protéger le visage de la jeune fille, et, de l'autre, il réussit à écarter d'elle la trajectoire du liquide brûlant. Un grognement de douleur lui échappa.

— Paul ! hurla Gemma en se redressant d'un bond. Montrez-moi votre bras.

— Ce n'est rien.

— Paul, pour l'amour du ciel, laissez-moi jeter un coup d'œil.

L'intonation de Gemma fit vivement lever la tête à Paul. Ce qu'il lut dans ses yeux dut le rassurer car il capitula.

— De l'eau froide, tout de suite. Enlevez votre veste.

Elle l'entraîna dans la salle de bains, ouvrit en grand le robinet. La peau avait déjà pris une vilaine couleur rougeâtre.

— Je vais vous faire un pansement.

— Gemma, dit doucement Paul.

Il l'obligea à se tourner vers lui. Elle pleurait.

— Paul, votre main, votre pauvre main.

— Vous auriez préféré que ce soit votre visage ? Il l'attira vers lui.

— Vos yeux, vos joues, votre bouche.

Gemma se rapprocha encore et vint se nicher au creux de son épaule.

La voix de Paul était sourde.

— Vous m'accompagnerez en France ?

— Oui.

— Vous abandonnerez vos examens ? Tout ?

— Oui.

Gemma releva le menton et leurs lèvres se joignirent. Eperdue, elle lui rendit son baiser. La bouche de Paul se faisait exigeante. Sur le point de défaillir de bonheur, Gemma se souvint soudain de sa main blessée.

Elle s'arracha à lui et revint avec une trousse de secours pour improviser un bandage.

— Vous verrez un médecin ?

— Oui, concéda Paul.

Ils revinrent dans le séjour. Paul s'assit pendant qu'elle s'affairait, nettoyait les dégâts, suspendait son imperméable, tapotait les coussins.

— Cessez de vous remuer ainsi. Je n'ai jamais douté de vos qualités de maîtresse de maison. Venez près de moi.

Gemma hésita, puis s'avança vers lui. De sa main valide, il l'attira à lui et la fit asseoir à ses côtés sur le canapé.

— Vous pouvez enlever ce fichu ridicule, dit Paul en le dénouant.

— Je vais aller faire mes valises, murmura Gemma d'une voix mal assurée.

— Rien ne presse.

Doucement, il se mit à caresser les longs cheveux châtains.

— Paul, pardonnez-moi. Vous ne pouvez savoir à quel point je regrette.

— Ma main ?

— Non, notre expérience insensée.

— Pourquoi ces remords de conscience ? N'avez-vous pas tout tenté pour mettre un terme à cette entreprise avant qu'elle ne prenne des proportions dramatiques ?

— Vous... vous savez ? bredouilla Gemma.

— Bien sûr. J'ai lu les notes de votre amie Angie que Steve m'a complaisamment remises. J'ai comparé les deux versions avec le plus grand intérêt. Pourquoi leur avoir substitué les vôtres, Gemma ? Elles donnaient de vous un portrait bien peu flatteur.

— Parce que je suis responsable de tout ce qui est arrivé. Jamais je n'ai eu le courage de vous avouer la vérité. Encore moins lorsque j'ai compris que vous étiez tombé amoureux de moi.

— Pourquoi vous être ainsi chargée à plaisir ?

— Je pensais que si j'arrivais à vous inspirer de la répulsion vous parviendriez plus facilement à m'oublier.

— Vous n'avez jamais songé à poursuivre cette comédie et à... m'épouser ?

— Oh non ! s'écria Gemma scandalisée. Pas après la façon dont je vous avais dupé. Et puis, de toute façon, vous n'aimez que les blondes.

Une lueur amusée brilla pour la première fois dans le regard de Paul.

— Je suis riche, Gemma. Je vous aurais comblée de cadeaux.

— L'argent n'est pas tout. Surtout lorsqu'il n'est pas le fruit du labeur.

Et elle ajouta en rougissant :

— Vous vivez en parasite.

— Ainsi, tout vous rebutait en moi, fit Paul avec bonne humeur. Mon argent, mon mode de vie, mes frasques sentimentales, et pourtant vous continuiez à sortir avec moi. Lorsque vous avez compris que mes sentiments pour vous étaient sincères, vous avez tout fait pour les étouffer en vous peignant sous un jour abominable. Et vous êtes venue m'annoncer tout cela vous-même alors que vous auriez pu laisser ce soin à l'une de vos amies. Pourquoi, Gemma ?

La voix de Paul se faisait insistante et il ne la quittait pas des yeux.

Gemma essaya de se lever.

— Vous... vous le savez.

— Je veux vous l'entendre dire, s'obstina Paul impitoyablement.

— Parce que je vous aime.

Paul poussa un profond soupir. On eût dit un athlète après une performance particulièrement éprouvante.

— Qu'aviez-vous l'intention de faire, une fois vos diplômes obtenus ?

— C'est sans importance.

— Je veux savoir.

— Je voulais demander une bourse pour faire de la recherche en littérature médiévale.

— Vous pourriez poursuivre cette recherche en France ? A Paris ?

— Oui, s'étonna Gemma. Mais vous disiez que... Ses joues s'empourprèrent.

— J'ai l'intention de rentrer en France, de devenir un homme d'affaires et de travailler pour gagner ma vie comme tout le monde.

— Pourquoi ?

Paul la considéra d'un air placide.

— Parce que ma future femme n'aime pas les parasites.

Sidérée, Gemma le fixait, bouche bée.

— Vous... voulez dire...

— Mais oui, petite sotte. Et j'espère que vous allez réussir à vos examens, car si j'échoue dans ma tentative de reprise en main des affaires de mon père, vous pourriez bien être amenée à gagner le pain du ménage !

Folle de joie, Gemma se jeta à son cou. Toute la tendresse qu'elle avait douloureusement refoulée pendant ces longues semaines la submergea. Toute pensée cohérente l'abandonna. Une délicieuse chaleur l'envahit. Elle aurait voulu se fondre en lui, disparaître.

Le temps passa, ils chuchotaient fébrilement des mots tendres et fous. Gemma risqua soudain.

— Vous m'auriez réellement enlevée si je vous avais résisté ?

— Bien sûr, dit-il placidement.

— Mais, protesta Gemma, vous savez que je n'ai rien de ce que vous aimez généralement chez une femme. Je ne suis pas blonde, je n'ai pas les yeux bleus. J'ignore tout de la voile, je vis en jean et gros chandail et je suis l'être le plus dénué de mystère qui soit.

— Hélas ! s'écria Paul avec un désespoir feint. Ce sont de gros handicaps. Il va falloir que je me résigne à vous accepter telle que vous êtes. Il semble que je n'aie guère le choix.

— Paul, je suis si heureuse que vous soyez venu me chercher.

— Je vous ai obéi.

— Comment cela ?

— Souvenez-vous, le soir où vous m'avez dit que je ne devais jamais oublier que vous m'aimiez ? Lorsque j'ai retrouvé mon sang-froid, cette phrase m'est revenue et j'ai compris que je devais me lancer à votre recherche.

La porte d'entrée claqua soudain à toute volée et des bruits de pas retentirent dans le couloir. Angie fit irruption dans la pièce en hurlant.

— Gemma, ne crains rien ! Nous avons découvert le piège à temps et nous nous sommes précipitées à...

Elle s'arrêta si soudainement que Joy et Lisa vinrent se cogner contre elle.

Gemma leur décocha un regard vague par-dessus l'épaule de Paul. L'air ahuri du trio faisait plaisir à voir.

— Bonsoir, susurra-t-elle d'une voix languissante

en tendant ses lèvres à Paul qui s'en empara tendrement.

— Eh bien! Nous qui te croyions en danger...

— Tout dépend de quel point de vue on se place, commenta finement Lisa.

— Dire que nous avons failli nous tuer en nous sauvant par la fenêtre des toilettes du restaurant, soupira Angie, les yeux au ciel.

— Justement, intervint de nouveau Lisa. On dirait que notre expérience a parfaitement réussi, non?

— A propos, jeta Joy d'une voix aiguë. Les vacances de Pâques approchent, et j'ai vu la photo d'un acteur de cinéma absolument fantastique dans Cinérama. Il est célibataire. Vous ne croyez pas que nous pourrions...

Laissez-vous séduire . . .

HARLEQUIN SEDUCTION

Excitant. . . l'action vous tient en haleine jusqu'à la dernière page!

Exotique. . . l'histoire se déroule dans des pays merveilleux aux charmes innombrables!

Sensuel. . . l'amour est passionné, le désir incontrôlable!

Moderne. . . l'héroïne est une femme épanouie, qui a de la personnalité!

Tout ce que vous attendez d'une grande histoire d'amour!

Des histoires d'amour sensuelles et captivantes

ROMANCE D'AUTOMNE, Jocelyn Haley

Lorsque Michael Stratton lui offre une bourse lui permettant de réaliser son rêve le plus cher, Andrea se met à pleurer de joie—elle pourrait enfin se consacrer à écrire son roman...mais comment accepterait-elle la constante tutelle de Michael?

CE SERA POUR LA VIE, Lucy Lee

Madeline n'était pas très excitée à l'idée de poser pour des photos de mode devant un rassemblement indien dans le Sud-Dakota. Mais lorsqu'elle aperçoit Ralf Valcour, ce superbe Indien, exécuter, torse nu, la danse des guerriers, elle se sent hyptonisée...

POUR VOUS, GRATUITEMENT

Le plus passionnant des romans d'amour. "Aux Jardins de l'Alkabir", le livre à succès de la toute nouvelle collection

HARLEQUIN SEDUCTION

NOUVEAU NOUVEAU NOUVEAU

Des heures de lecture captivante. Plus de 300 pages d'intrigues palpitantes, de folle passion, de sensualité, de situations romanesques.

Vivez intensément vous aussi. Découvrez le secret des femmes qui savent comment garder un grand amour. Vivez avec nos héroïnes les plus belles émotions de votre vie.

"Aux Jardins de l'Alkabir"... Sous le soleil brûlant de l'Espagne, partagez les joies et les plaisirs voluptueux de Liona, une jeune Américaine qui connaît une passion irrésistible pour deux frères matadors fougueux et résolus. Laissez-vous prendre vous aussi au piège de ce sentiment plus fort que tout: le désir!

Abonnez-vous dès aujourd'hui à cette extraordinaire collection **HARLEQUIN SEDUCTION** Vous recevrez ces romans, à raison de deux (2) volumes par mois, au prix exceptionnel de 3,25$ chacun.

Du plaisir garanti: Pleins de tendresse et de sensualité, ces romans vous transporteront dans un monde de rêve.

Le privilège de l'exclusivité: Vous recevrez les romans **HARLEQUIN SEDUCTION** deux mois avant leur parution.

Liberté totale: Vous pouvez annuler votre abonnement à tout moment et le reprendre quand il vous plaît.

Règlement mensuel: Vous ne payez rien à l'avance. Seulement après réception.

Découpez et retournez à: Service des livres Harlequin
649 rue Ontario, Stratford, Ontario N5A 6W2

Collection Harlequin

Recevez chez vous 6 nouveaux livres chaque mois—et les 4 premiers sont gratuits!

En vous abonnant à la Collection Harlequin, vous êtes assurée de ne manquer aucun nouveau titre! Les 4 premiers sont gratuits—et nous vous enverrons, chaque mois suivant, six nouveaux romans d'amour.
Mais vous ne vous engagez à rien: vous pouvez annuler votre abonnement à tout moment, quel que soit le nombre de volumes que vous aurez achetés. Et, même si vous n'en achetez pas un seul, vous pourrez conserver vos 4 livres gratuits!